KB097703

이야기하는 법

이야기하는 법

사람은 의미와 가치를 어떻게 만들고, 이것은 무엇에 좋은가

양자오 지음
박다짐 옮김

머리말

이야기에 관한 이야기책

몇 가지 사실을 믿기 때문에 이 책을 쓴다.

첫째, 인간은 이야기에 매료되는 본능이 있으며 이야기 듣기를 좋아할뿐더러 이야기를 전하고 이야기에 참여하기를 즐긴다는 점이다.

발터 베냐민은 이야기는 "먼 곳에서 누군가 몸소 겪은 체험"이라고 말하면서 이야기의 특징 두 가지를 분명하고 확실하게 지적했다. 이야기는 자신이 몸소 겪지는 않더라도 매일매일 만날 수 있는 경험이고, 이야기에는 사람으로 하여금 자신이 들은 것을 진실로 믿게 하는 기능이 있다. 이것이 그가 정의한 이야기다.

둘째, 이야기는 몰락한다는 사실이다. 좋은 이야기가 없어서도 아니고 이야기를 잘하는 사람이 없어서도 아니다. 이야기를 듣는 사람이 사라지기 때문이다. 좀 더 정확히 표현하자면 우리는 이야기를 듣는 자세를 잃어버렸다. 이러한 자세가 없으니 아무리 빼어난 이야기가 있다 해도 우리는 거기서 즐거움을 얻을 수 없다. 이야기를 들을 줄 아는 사람은 우선 일상생활 밖의 사물을 대할 때 높은 흥미를 지닌다. 이야기를 들을 줄 모르면, 온갖 사물이나 여러 사건을 제대로 살펴보지도 않고 대뜸 이렇게 묻는다. "이게 나랑 무슨 상관이람?", "이게 나한테 무슨 쓸모가 있어?" 미안하게도 이야기가 사람을 홀리는 것은 낯설고 드묾에서 비롯되지 언제든 쓸모가 있거나 우리와 관계가 밀접하여 생기는 것이 아니다.

이야기를 들을 줄 안다면 낯설고 드문 일이 진짜로 일어났음을, 정말 일어날 수 있음을 믿고자 한다. "그런 게 가능할 리가!", "놀리지 마!" 같은 의심은 일단 접어 두고 자기 경험의 테두리 밖에 있는 일에 대처한다.

이야기의 몰락은 사실 그 사회가 내는 경고음이다. 사회의 구성원 대부분이 날마다 반복되는 경험에 익숙해져서 그것이 자연스러운 일이라 여기고 그 밖의 다른 생활이나 기이한 일을 믿지 않는다는 뜻이다. 이러한 사회에서라면 자신의 제한된 경험 속에서 쳇바퀴만 돌 뿐이지 어떻게 새로운 것을 생각해 낼 수 있겠는가?

셋째, 이야기 듣기를 좋아하지 않고 이야기를 잘 듣지

못하는 사람과 사회, 즉 닫혀 있고 유아적이며 이익만 추구하는 곳에서는 새로운 것이 나올 수 없다고 믿는다.

하지만 인간에게는 이야기에 매료되는 본능이 있으므로, 이야기를 부활시킬 기회가 있다. '이야기 의식'을 깊이 잠재우고 있는 사람을 깨워서 이야기의 절묘함을 새로이 깨닫게 하고 이야기의 순수하고 깨끗한 재미를 맛보게 할 수 있다. 이야기 의식을 깨우려면 이야기 속에서 펼쳐지는 폭넓은 삶의 가능성을 우리가 사는 좁디좁은 현실과 비교하여 이해할 수 있도록 하는 게 중요하다. 이야기에 나오는 기이함과 곡절에 비하면 우리가 직접 겪을 수 있는 삶이라는 연극은 얼마나 무미건조한가. 바꾸어 말하면 이야기는 인간을 한바탕 뒤흔들어 놓아 자신이 처한 현실을 견디지 못하게 함으로써 이야기를 부러워하고 질투하게 만든다.

이야기 의식이 깨어난다면 '이야기 듣는 사람'을 새롭게 불러낼 수 있다. 이것이 네 번째 믿음이다.

다섯째, 이야기의 좋은 점은 이야기에 기대서만 드러날 수 있지 설교하고 시비를 가리는 방식으로는 얻을 수 없다는 사실이다. 이치를 따지는 것은 이야기가 아니다. '설득'당해서는 이야기를 즐길 수 없다. 우리는 그저 이야기를 즐기는 과정에서 더 많은 이야기를 기대할 수 있을 뿐이다. 따라서 이야기만이 이야기를 끌어들일 수 있으며 이야기로만 사람을 홀리는 이야기의 특성을 보여 줄 수 있다.

이 책은 '이야기에 관한 이야기책'이므로 이야기를 하나하나 이어 가면서 설명하고자 한다. 이야기를 좋아하는 것은 천성이지만 단조로운 생활이 반복되면서 이야기를 대하는 우리의 민감한 감성이 무뎌지고 이야기하는 능력 또한 약해졌다. 이야기하는 능력을 새롭게 기를 수만 있다면 이야기가 결핍된 이 시대에도 충분히 새로운 생각을 자극하고 좋은 가치를 만들어 낼 수 있지 않을까.

이야기에 관한 이치는 두세 마디로도 설명을 끝낼 수 있지만 이야기 자체나 인간 삶의 다채로운 면모에 관한 이야깃거리는 영원히 끊이지 않을 것이다.

2010년 7월
양자오

3 이야기하는 법

1

이야기 충동

(1)
이야기는 현실보다 더 다양하고 풍부하다

움베르토 에코의 『전날의 섬』은 '소설 속의 소설'이다. 소설의 주인공 로베르토는 좌초된 배에 묶인 채 머릿속으로 소설을 쓴다. 로베르토는 유령과도 같은 동생 페란테가 자신인 척 위장하고 다닌다고 상상한다. 페란테는 로베르토의 꿈속 애인 릴리아를 유혹했고, 페란테와 릴리아는 배를 타고 항해하면서 기괴한 섬을 하나씩 방문하게 된다.

그들이 상륙한 여섯 번째 섬 주민은 날마다 끊임없이 말하고 또 말하는 사람들이다. 말하는 내용은 모두 다른 사람에 관한 한가한 잡담이다. 이곳에서 삶의 가장 중요한 목적과 의의는 남의 입에 올라 이야깃거리가 되는 것이며, 그런 사람만이 계속 살아갈 수 있다. 이 섬에서 잘못을 저지른 사람에게 주어지는 가장 엄혹한 벌은 아무도 그를 거론하지 않는 것이다. 그러면 그는 의도된 무관심 속에서 번뇌에 휩싸여 죽게 된다.

이 '이러쿵저러쿵' 섬에서 이러저러한 이야깃거리가 없는 사람은 계속 살아갈 수가 없다! 게다가 섬 주민은 사람 사이에서 일어나는 이러저러한 상황이 실제로는 무척이나 한정되어 있음을 잘 알고 있다. 잘못하면 서로에게 너무 유사한 이야기가 생겨난다. 심지어 까딱하면 자기가 언급될 만한 일을 만들 수 없을지도 모른다. 그러면 어떻게 해야 할까?

반드시 방법을 궁리해야 한다. 모든 사람이 자기가 언급될 만한 내용을 만들려면, 이러쿵저러쿵한 이야깃거리에 관한 크나큰 수요를 감당하려면, 심지어 누군가 냉대를 받은 나머지 죽어 버리는 일을 막으려면 말이다. 그래서 사람들은 거대한 바퀴를 만들어 마을 광장에 세웠다. 바퀴는 여섯 개의 동심원으로 이루어져 있고 각각 독립적으로 회전할 수 있다. 첫 번째 원은 24칸으로 나뉘고, 두 번째 원은 36칸, 세 번째 원은 48칸, 네 번째 원은 60칸, 다섯 번째는 72칸, 가장 바깥에 있는 원은 84칸으로 나뉜다. 각각의 칸은 다른 동작, 감정, 상황, 시간과 장소를 표시한다. 바퀴가 한 번 돌면 풍부한 조합이 생겨난다. 예컨대 '어제 – 도움 – 만남 – 원수 – 속임 – 병' 칸이 만든 표시를 가지고 사람들은 이야기를 시작한다. "아무개가 어제 길에서 원수하고 마주

쳤대. 전에 아주 못된 속임수를 써서 아무개를 쩔쩔매게 만든 놈이었어. 하지만 지금은 원수가 병이 났더래. 아무개가 오히려 원수를 도와줬다지 뭐야." 이렇게 아무개에게는 다른 사람에게 언급될 만한 이야깃거리가 생겨난다.

이야기가 떨어질까 두려운 이는 바퀴를 돌리기만 하면 된다. 바퀴를 굴리면 7억 2,200만 가지 다른 이야기를 만들어 낼 수 있으니까. 와, 대단한 물건이다!

이런 말이 나올지도 모르겠다. "이야기는 사실이 아니잖아! 그 사람이 정말 병난 원수를 만난 것도 아니고. 안 그래?" 맞다. 늘 이야깃거리가 될 만한 사건이 생긴다면 이야기를 지어낼 필요는 없을 것이다!

이야기는 현실이나 진실보다 더 다양하고 풍부하다. 이는 우리가 이야기를 필요로 하고 이야기에서 벗어날 수 없는 근본 이유이다. 인류가 가장 독특한 생물인 까닭은 자신의 경험을 한참 뛰어넘는 상상력을 지녔고, 현실과 진실의 범위를 훌쩍 넘는 호기심을 가졌기 때문이다. 인간과 같은 호기심을 가진 동물은 없다. 호기심이 많다고 알려진 고양이도 인간만큼 호기심을 지니기는 불가능하다. 인간처럼 무료한 상태를 무서워하는 동물도 없다. 끊임없이 되풀이되는 현실은 무료하다. 현실만으로는 삶이 너무 보잘것

없어 보이고, 현실은 자극적인 화제를 제공하기에 부족하다. 인간의 상상과 호기심을 풀어내고 쏟아 놓게 하는 데는 역시 이야기만 한 게 없다. 이야기는 현실에서 소재를 얻지만 온갖 소재를 뒤섞는 방식으로 현실 바깥의 것을 만든다. 비현실적이고 사실이 아니라서 이야기는 흥미롭고 가치 있다.

＊움베르토 에코(Umberto Eco, 1932－2016)
이탈리아의 철학자·역사학자·미학자이며 세계적으로 저명한 기호언어학의 권위자다. 에코의 삼부작 『장미의 이름』, 『푸코의 진자』, 『전날의 섬』은 세계 각국의 언어로 번역되어 베스트셀러 순위를 석권했다. 에코의 소설을 읽으려면 유럽 중세 역사와 문화, 특히 기독교 교파의 발전사를 어느 정도 알고 있어야 한다. 그렇지 않으면 소설 내용을 이해하기 어렵다. 이 때문에 그의 작품은 전형적인 지식인 소설로 평가받는다.

＊『전날의 섬』(L'isola del Giorno Prima)
17세기 유럽 각국이 항해의 패권을 장악하기 위해 경도 위치를 정하는 방식을 찾으려고 백방으로 고심하는 이야기다. 1643년 여름, 비밀 업무를 띤 상선 아마릴리스호가 난파된다. 유일한 생존자인 로베르토는 표류하다가 폐선 다프니호에 올라 예수회 신부 카스파르를 만난다. 두 사람은 약속이라도 한 듯 지구 표면에 가상으로 존재하는 날짜변경선이라는 동일한 목표를 찾고 있다. 전날과 오늘을 가르는 이 선은 오늘의 섬이 전날의 섬으로 바뀌는 시간의 경계선인데, 도대체 이를 어떻게 측정해야 할까? 배 위에서 온갖 생각에 갈피를 잡지 못하던 로베르토는 머릿속으로 '소설 속의 소설'을 쓰게 된다.

(2)

이야기는 거짓이라도 독자에게 가져다주는 수많은 감응은 영원히 진실이다

봄바람이여! 그대는 왜 나를 불러 깨우는가? 그대는 나의 몸을 살며시 쓰다듬으며 말한다. "하늘의 단비로 당신을 촉촉하게 하겠노라." 하지만 내가 쇠할 때가 가까웠다. 폭풍이 닥쳐와 나의 가지와 잎을 산산이 흩뿌려 놓으리. 내일 한 여행자가 찾아오리라. 그는 아름다웠던 나의 청춘을 목도하였다. 그의 눈은 광야에서 사방을 찾아 헤맬 것이나 끝내 나의 흔적을 찾지 못하리니……

이 시를 읽으면서 베르테르는 시의 슬프고 우울한 감성에 완전히 압도당하고 만다. 절망 속에서 그는 자신이 읊는 시에 귀를 기울이던 로테의 발아래 털썩 주저앉고는 그녀의 두 손을 붙잡아 자기 눈을, 이어 이마를 감싸게 한다. 로테 또한 순간 감격한 나머지 베르테르의 손을 자기 가슴에 올리고 몸을 숙여 서로의 볼을 맞닿게 한다. 베르테르는 로테를 끌어안으며 떨리는 그녀 입술에 미친 듯이 키스를 퍼붓는다. "베르테르!"라고 외치며 로테는 고개를 돌린다.

베르테르는 로테를 풀어 주고는 실성한 것처럼 그녀 앞에 무릎을 꿇는다. 로테는 벌떡 일어나 옆방으로 달아나 버린다.

이 단락은 베르테르가 처음으로 사랑하는 로테를 껴안고 키스하는 장면이자 마지막으로 로테를 만나는 장면이다. 그날 밤, 사랑의 고통에 빠진 베르테르는 총을 쏘아 스스로 목숨을 끊는다.

괴테의 명저 『젊은 베르테르의 슬픔』에서 수많은 독자를 울린 결말이다. 이 장면이 마음속에 깊이 와 닿는 까닭은 괴테의 빼어난 글 솜씨 덕분이기도 하지만 소설 속에서 베르테르가 로테에게 낭독해 주는 장편 시의 공 또한 빠뜨릴 수 없다!

이 시를 지은 사람은 고대 스코틀랜드의 가인歌人 오시안이다. 애처로우면서도 아름다운 그의 옛 노래에는 퇴락할 수밖에 없는 삶과 사랑에 관한 비탄이 담겨 있다. 1760년대에 스코틀랜드 시인 제임스 맥퍼슨은 오시안의 시가를 영어로 번역하면 오래도록 남길 수 있음을 깨달았다. 오래지 않아 오시안의 시는 독일에 전해졌고 괴테와 헤르더

등이 속한 슈투름 운트 드랑Sturm und Drang⊛의 구성원 사이에서 풍미했다. 특히나 괴테는 오시안의 시를 무척이나 좋아해서 직접 독일어로 번역하기도 했다.

괴테는 시공을 뛰어넘어 옛 스코틀랜드에 이토록 자신과 같은 정감을 가진 사람이 있음에 크게 감동했다. 대자연에 둘러싸여 자연의 아름다움을 한껏 누리는 동시에 인간과 자연의 가장 큰 차이를 민감하게 감지하는 마음. 자연과 비교하면 인간의 삶이란 얼마나 짧고 보잘것없는가. 오시안의 시도 이러한 대비 위에 서 있으니 얼마나 신기한가. 괴테 시대의 젊은 영혼들 또한 같은 주제로 거듭 시련을 겪고 있었다. 괴테에게 오시안의 시는 깊숙이 잠겨 있는 기이하고도 아름다운 비관悲觀이 시공을 뛰어넘어 닮은 영혼에서 지속될 수 있다는 증거였다. 이러한 비관은 괴테가 문학으로 붙잡고 발휘하고자 한 것이기도 했다.

『젊은 베르테르의 슬픔』을 쓸 때 괴테는 전혀 몰랐는데, 사실 오시안의 이름으로 나온 이 시의 진정한 저자는 괴테보다 13년 먼저 태어난 맥퍼슨이었다. 그가 허구로 자신의 시를 오시안의 이야기에 집어넣었던 것이다.

오시안의 시 대부분을 맥퍼슨이 썼음을 알았더라면 괴테가 그토록 감동했을 리 없다! 괴테를 감동시킨 것은 그

⊛ 질풍노도라는 뜻으로, 18세기 후반 약 20년간 독일에서 일어난 문학·연극 운동. 계몽주의에서 고전주의와 낭만주의 시대에 걸쳐 과도적인 역할을 했다.

냥 '시'가 아니라 '옛 가인의 이야기에 들어 있는 시'였기 때문이다. 이 이야기가 거짓임을 지금 우리는 안다. 하지만 괴테가 감동했기에 그 감동이 『젊은 베르테르의 슬픔』에 실려 독자에게 수많은 감응을 이끌어 낸 점은 진실이며, 앞으로도 영원히 진실일 것이다.

＊오시안(Ossian)

고대 스코틀랜드의 가인. 1762년 스코틀랜드 시인 제임스 맥퍼슨이 오시안의 시를 '발견'했다고 밝혔고, 이를 번역하여 「핑갈」(Fingal) 과 「테모라」(Temora)라는 서사시 두 편으로 연달아 출간했다. 오시안의 시는 유럽 전역을 풍미했고, 초기 낭만주의 운동에 중요한 영향을 미쳤다. 그런데 사실 이 작품 대부분은 맥퍼슨이 창작했다. 학술계는 낭만적인 성향을 띤 오시안의 작품이 오시안이 쓴 게 아니며, 16세기 전기에 정리하여 출판된 『오시안 민요집』이야말로 진정한 옛 스코틀랜드의 서정시와 서사시라는 데 의견을 같이했다. 당시에 괴테가 읽은 오시안의 시는 맥퍼슨이 쓴 것이었으므로 진정한 오시안이 쓴 『오시안 민요집』과 혼동해서는 곤란하다.

（ **3** ）
이야기는 아직 모르는 것과 이미 아는 것을 연결하는 기묘한 다리다

슈만의 피아노 곡집 『어린이 정경』은 음악으로 어린 시절의 경험과 기억을 정리한 작품이다. 첫 번째 곡의 표제는 「미지의 나라들」이다. 어린 시절 주변 세계와 맺은 특수한 관계는 슈만에게 깊은 인상을 남겼다. 어린 슈만은 자신이 모르는 게 있음을 알고 있었다. 아이가 이해하고 파악할 수 있는 생활의 세계는 작은 범위로 한정되고 그 범위 밖에는 거대한 미지의 것이 존재한다. 그곳에는 반드시 미지의 나라, 다른 풍토와 다른 사람이 있다.

아이는 거대한 '미지의 나라'의 존재를 알 뿐 아니라 어른과는 달리 편안하게 미지와 공존할 수 있다. 수많은 어른도 자신의 경험과 지식이 제한되어 있음을 분명히 알지만 어른은 그것을 의식이 관여하는 곳 바깥으로 가볍게 밀어내고는 자신에게 이렇게 말하는 법을 배웠다. "그런 건 나하고 상관없어. 몰라도 되지, 전혀 알 필요가 없거든."

아이에게는 무엇이 나와 관련이 있고 무엇이 무관한지 결정할 방법이 없다. 아이는 자기가 모르는 모든 사람과 사건에 강렬한 호기심과 흥미를 유지한다. 하지만 어떻게 미지의 나라나 미지의 사람과 접촉해야 할까?

슈만은 우리에게 확실한 답을 주었다. 『어린이 정경』에서 「미지의 나라들」에 이어지는 두 번째 곡은 「이상한 이야기」이다.

이야기는 아직 모르는 것과 이미 아는 것을 연결하는 기묘한 다리다. 이렇게 말할 수도 있다. 이야기는 아직 모르는 것을 이미 아는 것으로 끌어들이는 가장 신기한 창이라고. 아이는 미지의 나라에 갈 수도, 미지의 사람이 하는 말을 들을 수도 없다. 상관없다. 아이는 이야기를 듣고, 이야기를 편집하고, 심지어 자기가 아는 온갖 지식을 짜내서 상상 속 미지의 나라와 사람을 그러모은다.

사실은 어른도 마찬가지다. 미지의 나라에 간 대담한 모험가조차 눈앞에 보이는 낯선 풍경이 도대체 어떤 의미를 가지는지 스스로에게 설명하기 위해 이야기에 기댄다.

대항해시대에 처음으로 열대 우림 지역에 발을 들인 유럽인은 거대한 식물에 압도당했다. 이 식물들은 유럽의 식물보다 모든 잎과 가지, 넝쿨이 몇 배나 더 크고 더 짙고 더 푸르렀다. 숲 속의 새는 거대할 뿐 아니라 불가사의하게 휘황찬란한 빛을 내뿜고 있었다. 탐험가는 배에 실어 가져 갈 수 있는 샘플을 수집하려고 노력했다. 수집하지 못한 것은 어떻게 했을까? 그것은 이야기로 엮어서 가져갔다.

자신이 들었던 그리스 신화를 빌려 와 아마존 왕국 이야기와 엮었다. 식물과 새가 그토록 거대하니 그곳에 사는 사람 또한 비례하여 그만큼 크지 않을까! 그래서 아마존 왕국 사람은 건장하고 기운도 엄청 세야 했다. 게다가 그곳에서 가장 힘이 센 사람은 모두 여성이었다!

탐험가가 이런 여성 전사를 봤을까? 틀림없이 보지 못했으리라. 숲 속에서 어떤 사람도 왕국도 찾지 못했기에 이야기에 기대어 '미지의 나라'의 빠진 퍼즐 조각을 끼워 맞출 수밖에 없었다. 열대 우림의 생물부터 자신들이 알던 세계의 것과 상당히 달랐으니 그곳의 사람인들 평범할 리 있겠는가? 유럽의 전사는 모두 남성이니 열대 우림의 전사는 전에 없던 용맹을 가진 데다 여자이기까지 하면 합리적이지 않을까?

이것이 이야기의 '합리성'이다. 이미 아는 것으로 아직 모르는 것을 상상한 탐험가는 여성 전사의 이야기를 유럽에 가지고 돌아와 사방에 퍼뜨렸다. 수백 년 뒤, 열대 우림이 샅샅이 개발되어 아무런 미지도 신비도 남지 않았지만 열대 식물과 새에 둘러싸여 있던 강한 여성 전사 이야기는 아직 남아 있고 앞으로도 사라지지 않을 것이다.

＊로베르트 슈만(Robert Schumann, 1810-1856)

독일의 작곡가. 슈만은 스무 살에 프리드리히 비크에게 피아노와 화성을 배웠다. 스물두 살에 오른손 무명지에 상처를 입어 연주를 할 수 없게 되자 피아니스트가 되기를 포기하고 작곡에 전념했다. 슈만은 수많은 피아노곡을 썼는데, 스승의 딸인 클라라 비크와 교제한 뒤로는 늘 작곡한 곡을 클라라에게 연주하게 했다. 두 사람은 스승의 반대에도 불구하고 1840년 혼인했다.

1841년 슈만의 교향곡 1번은 라이프치히에서 열린 클라라의 연주회에서 멘델스존의 지휘 아래 초연되어 성공을 거둔다. 슈만은 교향곡 말고도 협주곡과 실내악 등 많은 곡을 작곡했다.

＊『어린이 정경』(Kinderszenen)

슈만이 1838년에 지은 피아노 곡집. 아무런 근심 걱정 없는 어린 시절의 놀이, 난롯가에 앉아 어른의 이야기를 듣거나 거실에서 뛰놀던 정경이 담겼다. 모두 열세 곡으로 된 『어린이 정경』은 슈만이 자신의 어린 시절 풍경을 추억한 곡이지 어린이를 위해 쓴 곡이 아니다. 슈만은 클라라에게 쓴 편지에서 이렇게 말했다. "나는 날개가 돋은 것처럼 귀여운 열세 곡을 쓴 뒤 『어린이 정경』이라는 제목을 붙였지요. 다른 어떤 음악도 이 작품처럼 내 마음속에서 흘러나온 곡은 없을 겁니다. 곡의 제목은 모두 나중에 붙인 거예요. 피아노 연주를 하거나 이해하기에 편리하라고요. 틀림없이 당신 마음에 들 거예요."

이 중 가장 인기 있는 곡은 일곱 번째 작품 「꿈」이다. 길이는 2분 30초에 불과하지만 많은 사랑을 받았고 훗날 바이올린이나 관현악 버전으로 편곡되었다.

(4)
모든 이야기의 핵심은 인간과 세계의 관계다

　　신은 인류 역사상 가장 위대한 이야기 소재라 할 만하다. 까마득한 옛날, 인간은 이제 막 개발한 감각 기관과 지혜로 주변 세계에서 온갖 기이한 현상을 발견했다. 그리고 모든 현상과 현상은 서로 관련이 있으며 독립적이고 개별적으로 존재하지 않는다는 것을 어렴풋이 자각했다. 그렇게 수많은 시간이 흘러갔다. 마침내 인간은 세계와 관련된 해석을 찾아내는데, 그것은 거대하고 완전한 의지로 만물을 창조하고 만사를 통제하는 신이라는 존재였다. 인간은 가볍게 안도의 한숨을 내쉬고는 신의 이야기를 빌려 세계가 존재하는 근본 이유를 해석했다.

　　만물과 만사는 신을 통해 함께 연결되었다. 즉 해석되지 않는 모든 것은 죄다 신에게 미루었고 이로 인해 신의 궁극적 의지는 자연히 신비에 휩싸였다. 세계의 명확하지 않은 모든 이치는 인간이 신을 이해하지 못하기 때문으로

인지되었다. 신이 이래라 하면 이렇게 된다. 따라서 이 이야기는 인간의 호기심을 잠시 멈추게 했다.

『성서』는 명료하게 쓰였으나 인간은 신의 뜻을 헤아릴 수 없다. 인간과 신 사이에는 영원히 건널 수 없는 심연이 놓여 있다. 신을 탐문하고 해석하는 일은 인간의 분수를 넘는 일이다. 인간이 자신의 지식과 지혜로 신과 대등해질 수 있다고? 오만하게 굴지 말지어다!

하지만 금지된 명령은 결국 집행될 수 없다. 왜냐하면 이러한 명령의 존재가 곧 신을 다룬 이야기에 내재된 빈틈이기 때문이다. 인간이 신을 필요로 하고 신을 믿는 이유는 인간의 호기심이 지나쳐서도, 수많은 신비하고 기괴한 현상을 견디지 못하기 때문도 아니다. 신 이야기는 현상을 해석한다. 하지만 방향을 돌려서 보면 신 자체가 가장 이상하고 괴이해 보인다.

중세 내내 서양에서는 이해할 수 없는 신의 성질을 이해하는 데 시간과 정력을 쏟았다. 이는 신학의 임무였다. 신학은 신을 옹호하는 이야기를 책임졌고, 다른 이야기가 신 이야기에 도전하고 세계를 해석하는 새로운 길을 여는 것을 억압했다.

신학을 무너뜨린 것은 항해와 모험이 가져온 수많은

신선한 발견이었다. 대항해시대에 인간의 '이야기 충동'이 부활했다. 멀리 모험을 떠난 이가 듣도 보도 못했던 것을 접한 후 어렵사리 목숨을 부지하고 돌아왔다. 그러니 어떻게 여정에서 듣고 본 일을 남에게 이야기하지 않을 수가 있겠는가? 다른 한편으로는 멀리서 온 기이한 형상과 다양한 색채를 가진 사물이 생활 영역에 끼어들었으니, 이런 사물과 익숙하고 평범한 것 사이에 무슨 관계가 있는지 어떻게 궁금해하지 않을 수 있겠는가? '모두 신이 창조한 것'이라는 식의 옛날 방식으로 대응하기가 갈수록 어려워졌다. 이제 인간은 신이 아닌 다른 이야기를 찾거나 지어냄으로써 수많은 신기한 것을 정리해서 들여오는 일을 거들었다.

어떤 의미에서 보면 과학의 융성 역시 시대의 이야기 충동에 호응한 것이었다. 사람은 스스로가 설득되고 자신이 믿을 수 있는 논법으로 세계 속에 자기 자신을 편히 자리매김할 필요를 느낀다. 모든 이야기의 핵심은 인간과 세계의 관계로, 이야기는 세계를 해석하고 안배한다. 원래 신화란 이러한 기능을 가진 이야기다. 기독교나 불교 같은 종교도 이러한 기능을 가진 이야기다. 과학 또한 이러한 기능을 하는 이야기가 아니고 무엇이겠는가?

이야기는 언제 생겨나는가? 미망과 의혹에 빠져 있거

나 추상적인 문제에서 눈에 보이는 해답을 찾지 못할 때 인간은 이야기로 자기의 미망과 의혹을 가라앉힌다. 그렇다면 이야기는 언제 몰락하고 어떻게 이야기에서 인간이 멀어지는가? 인간이 더 이상 괴이한 일과 사물에 호기심을 품지 않고 몇 마디 격언이나 몇 줄의 공식으로 세계에서 벌어지는 현상을 다 해석했다고 여길 때가 아닐까. 또는 인간이 생활을 분해하는 데만 머무르고 더 이상 만사만물이 관계로 연결되어야 한다고 생각하지 않을 때가 아닐까.

이야기는 죽지 않는다. 다만 때때로 경색되고 활력이 줄어들 뿐.

이야기는 우리가 주변 세계를 이해하는 최초의
수단이다

이야기는 인류의 원시적 충동 가운데 하나다. 또한 이야기는 인류가 주변 세계를 이해하는 최초의 수단이기도 하다. 이론과 분석의 능력을 충분히 발휘하기에 앞서 인간은 신기하고 낯설고 무한의 공포나 최대의 희열을 일으키는 환경에 처했을 때 이야기로 대응해 나갈 수 있다.

어떻게 산과 물이 있고, 공간과 시간이 있지? 빅뱅 이론을 이해하지 못하고 땅을 파서 지층 자료를 연구할 수 없었던 인간은 이야기를 만들었다.

익숙한 이야기의 하나는 이렇다.

태초에 하느님이 천지를 창조하셨다. 땅은 아직 꼴을 갖추지 못하고 비어 있었는데, 어둠이 심연을 덮고 하느님의 영이 그 물 위를 감돌고 있었다. 하느님이 이르시되 "빛이 생겨라" 하시자 빛이 생겼다. 하느님이 보시니 그 빛이 좋았다. 하느님은 빛과 어둠을 갈라 빛을 낮이라 부르시고 어둠을 밤이라 부르셨다. 저녁이 되고 아침이 되니 첫날이 지났다.

옛 유대인이 한 이 이야기는 『성서』를 빌려 전해 내려왔고 수천 년간 이어졌다.

빛의 기원에 관한 또 다른 이야기가 있다. 북극권에 사는 이누이트족이 하는 이야기다. 세계가 막 만들어졌을 때 까마귀 한 마리가 땅에 떨어진 콩을 쪼아 먹으려고 한참을 찾았는데 찾기가 너무 힘들어서 마음속으로 이런 생각을 했다. "이 세상에 빛이 있다면 땅에 있는 콩이 잘 보일 텐데. 그러면 쪼아 먹기도 얼마나 편해질까." 까마귀는 열심히 생각하고 또 생각했고, 그 결과 세계에 빛이 가득해졌다.

모두 빛이 생겨난 까닭을 해석한 이야기다. 빛에 관한 여러 이야기를 통해 빛과 인간, 세계와 인간의 관계가 다르게 변했다. 『성서』를 읽는 사람이 신에게 감사하고 신을 숭배한다면, 까마귀 이야기를 믿는 사람은 기대와 희망에 큰 믿음을 품게 된다. 우리가 성심껏 기대하고 바란다면 알 수 없는 힘이 우리의 소망을 실현시켜 줄 것이다. 이것이 바로 빛이며, 까마귀와 빛의 이야기가 분명하게 드러내는 바이다.

인간이 논리와 분석에 익숙해져서 세계를 해석할 때 더 이상 이러한 이야기를 필요로 하지 않게 된다 해도, 이야기는 마치 생명을 가진 것처럼 방법을 바꾸어 우리의 마음과 신념에 계속 영향을 미친다.

이누이트족의 까마귀 이야기는 프랑스의 유대인 작가 시몬 베유의 책에 나온다. 세계 대전이 벌어지던 암울한 시기에 신념을 유지하면서 작가는 이렇게 적었다. "진정한 희망과 기대와 소원은, 정말 간절히 바라고 기다린다면 끝내 실현된다." 20여 년 후 일본 작가 오에 겐자부로는 이 이야기가 기록된 책을 읽었다. 당시 뇌에 선천적 결함을 가지고 태어난 아들로 인해 극도의 비관에 빠져 있던 그는 까마귀 이야기에서 깊은 충격을 받았다.

오에는 충동적으로 어머니에게 말했다. "아이를 가라스烏鴉(까마귀)라고 부르기로 결심했어요. 오에 가라스가 어머니 손자 이름이에요." 잔뜩 화가 난 어머니는 아무런 말도 없이 방으로 들어가 버렸다. 그래도 상관없었다. 이튿날, 호적 사무소에 간 오에 겐자부로는 순간 생각을 바꾸어 아들 이름을 '히카리'光(빛)로 고쳤다.

오에 히카리는 뇌에 손상을 입어 지적 발달이 더뎠지

만 아들에게 '히카리'라는 이름을 붙인 부모는 땅 위에 떨어진 콩을 쪼아 먹는 까마귀처럼 끊임없이 기대하고 희망을 걸었다. 훗날 오에 겐자부로는 히카리가 새 소리에 각별히 민감하고 정확하게 반응하는 것을 발견하고는 음악을 접하게 했다. 다른 사람이 보기에는 지적 발달이 늦은 장애아였지만 히카리는 특수한 능력을 지닌 음악가로 천천히 성장했고 작곡뿐 아니라 오케스트라까지 지휘하게 되었다.

　　까마귀가 보여 준 희망은 정말 빛을 불러왔다. 태초에 세상을 창조한 신의 마음까지 거론하지 않아도 빛은 존재할 수 있다.

＊시몬 베유(Simone Weil, 1909 – 1943)
프랑스의 철학자·사회 활동가·신비주의 사상가. 지은 책으로 『중력과 은총』, 『신을 기다리며』 등이 있다.
＊오에 겐자부로(大江健三郎, 1935 –)
일본 소설가. 1963년 선천적으로 뇌에 손상을 입은 아들을 낳은 일과 원폭 사건이 있었던 히로시마를 방문한 경험은 그의 문학과 인생을 바꾸었다. 이때부터 죽음과 재생의 의미에 관해 생각하기 시작했다. 1994년 '제2차 세계대전 후 일본 문학의 새로운 길을 열었다'는 평가를 받으며 노벨문학상을 받았다. 많은 작품이 영어, 프랑스어, 스웨덴어로 번역되었다.
구술한 자서전 『오에 겐자부로, 작가 자신을 말하다』에서 프랑스 작가 시몬 베유의 책을 읽다가 까마귀 이야기를 읽고 아들의 이름을 짓는 데 영향을 받았다고 밝혔다.

（ 6 ）

우리에게는 환상적인 이야기가 필요하다. 그래야
규칙적인 일상이 참을 만해진다

친구 딸아이가 열 살 무렵 부모를 졸라서 영국 에든버러로 여행을 갔다. 먼 길을 가서 에든버러에 도착했는데 정작 딸은 아무 곳에도 관심이 없고, 오로지 외진 길모퉁이에 있는 카페 생각뿐이었다. 지도를 보면서 그곳을 찾아갔지만 세상에, 카페는 사라지고 없었다. 카페가 있던 자리에는 중국 식당이 들어와 있었다. 소녀는 식당에 분노의 눈길을 보내더니 급기야는 상심한 듯 울음을 터뜨렸다.

아이가 보고 싶었던 것은 조앤 롤링이 『해리 포터』를 썼다는 카페였다. 직장을 잃은 롤링이 유모차를 끌고 와 카페에 앉아서 하루 종일 해리 포터를 만들었던 과정을 느끼고 싶었던 것이다. 아이는 충분히 자라 있었고, 지나치게 이성적인 사회에 살고 있었기에 영국에서 '9와 4분의 3번 승강장'을 찾을 수 없고, 호그와트 마법학교를 직접 둘러볼 수 없다는 사실도 알았다. 하지만 소설을 읽다 보니 강렬한 충동이 생겨났고, 해리 포터의 환상적 세계와 직접적인 관계를 맺고 싶었기 때문에 에든버러에 가지 않을 수 없었다.

나는 열 살 소녀의 기대와 상심에 젖은 눈물을 이해할 수 있었다. 오래전에 내가 처음 미국의 수도 워싱턴에 갔을 때 친구가 친절하게 공항에 마중을 나왔다. 마침 가을이어서 해가 지려면 아직 두세 시간이 남아 있었다. 친구가 물었다. "뭘 제일 먼저 보고 싶어? 어두워지기 전에 가 보자!" 나는 백악관도 미국 국회의사당도 국립미술관도 보고 싶지 않았다. 내가 흥분해서 가고 싶다고 말한 곳은 어느 교차로였다. 친구가 곤혹스러운 표정을 지었다. 친구는 그곳을 알고 있었다. 하지만 대답은 이랬다. "거긴 아무것도 없어!"

나는 그래도 가자고 우겼다. 친구는 차를 한쪽에 대고는 나를 돌아보며 목소리를 높였다. "여기야. 아무것도 없다고 했잖아!" 나는 주위를 두리번거리고는 앞에 있는 건물을 가리키면서 물었다. "저게 주차장이야?" 친구가 답했다. "오래되고 낡은 주차장이지." 나는 말을 이었다. "여기서 20분만 기다려 줘." 그러고는 차 문을 열고 주차장 쪽으로 뛰어갔다.

20분 뒤, 나는 만족해서 차로 돌아왔다. 친구 얼굴에는 의문이 가득했다. "도대체 뭘 한 거야?" 나는 아무것도 하지 않았다. 이야기의 감동을 찾고 참여했을 뿐이었다. 로버트 레드포드가 나오는 영화를 본 적이 있다. 『워싱턴포스트』의 젊은 기자 두 명이 사소해 보이는 작은 뉴스를 끈질기게 추적해 '워터게이트'라는 엄청난 사건을 밝혀내고, 급기야 세계 최고의 권력자인 미국 대통령을 하야시키는 과정을 그린 영화였다. 나는 워터게이트를 다룬 책도 몇 권 읽으면서 정의로운 신문 이야기에 격하게 공감했다.

워터게이트 사건에는 기자 밥 우드워드에게 정보를 제공한 비밀의 인물 '딥 스로트'Deep Throat가 있다. 이 인물을 찾는 과정에서 우드워드는 꽃 화분 하나를 아침 일찍 창가에 두기로 했고, '딥 스로트'가 차를 타고 지나가면서 화분을 발견하면 그날 늦은 밤에 둘은 어느 모퉁이의 주차장 건물에서 만나기로 약속했다.

그렇다. 내가 찾은 주차장은 워터게이트 사건에 등장하는 바로 그 주차장이었다. 현장에 가서 이야기에 가까워지고 이야기를 느끼고 싶었다. 무료하고 평범하지 않은 기이한 이야기에 빠져들고 싶었다. 만약 주차장이 없어지고 다른 건물이 그 자리에 세워지기라도 했으면 나는 분명 얼굴을 찌푸리고 속으로 욕을 퍼부었을 것이다.

우리에게는 규칙적인 생활의 반복보다 넉넉하고 환상적인 이야기가 필요하다. 그래야 규칙적인 생활이 참을 만해진다. 『해리 포터』와 워터게이트 사건은 겉으로 보기에는 다르지만 모두 기이한 이야기라는 점에서는 같다. 이 이야기는 우리를 상상 속으로 이끈다. 삶이 이렇게 극적 요소로 가득하다면 얼마나 좋을까? 사람에게는 인생의 극적 성질을 찾고자 하는 본능이 있다. 다만 우리가 성장하고 교육 받는 과정에서 이러한 본능이 왜곡되고 억눌린 나머지 어린아이 때나 극적인 데 끌릴 뿐 어른이 되고서는 이러한 성질이 현실의 이익에 해롭다고 여긴다.

아니, 그럴 리 없다. 아무리 실리를 따지는 훈련을 한다고 해도 인간이 기이함을 찾고 이야기를 경험하고자 하는 충동은 사라지지 않으리라.

---

*『모두가 대통령의 사람들』(All the President's Men)
전 세계를 떠들썩하게 만든 워터게이트 사건을 영화화한 작품으로, 더스틴 호프먼과 로버트 레드포드가 주연을 맡았다. 1972년 미국 대선 기간에 『워싱턴포스트』의 기자 밥 우드워드와 칼 번스틴이 워터게이트 호텔에서 발생한 사건을 취재하며 무서운 음모를 밝혀냈다. 이 사건으로 두 기자는 영웅이 되었고 미국의 운명도 바뀌었다.

신분과 이름이 부각되는 이야기를 들으면 우리는
타고난 호기심을 발동시킨다

20년 전쯤, 아직 '샤오창'_{小強}이 바퀴벌레의 대명사로 두루 쓰이기 전의 일이다. 몇몇 지인과 허핑둥로의 어느 식당에서 커피를 마시며 잡담을 나누는데, 문득 발아래로 검은 그림자가 휙 스쳐 지나갔다. 눈썰미가 좋은 소설가 장다춘이 바로 곁에 있던 종업원을 일부러 손짓하여 부르고는 아무렇지도 않은 어조로 말했다. "방금 쥐 한 마리가 도망 갔는데요." 종업원도 그 말을 얼렁뚱땅 받아쳤다. "아, 샤오창 말씀이군요!"⊛

좌중이 뒤집어졌고 반응이 그나마 제일 빠르다는 장다춘마저 잠시 할 말을 잃었다가 실소하고 말았다. 애당초 식당에서 질주하는 쥐를 목도한 당황스러운 감정과 괘씸하여 죄를 묻고자 했던 마음도 순식간에 사라져 버렸다.

"아, 샤오창 말씀이군요!" 이 간단한 말이 어째서 그토

⊛ '샤오'(小)는 '작다'는 의미를, '창'(強)은 '강하다'는 의미를 갖고 있다. 타이완에서는 작지만 강한 생명력을 가졌다는 의미에서 바퀴벌레를 '샤오창'이라고 부르기도 하는데, 일반적으로 '샤오'는 자신보다 어린 사람이나 작은 동물을 친근하게 부를 때 붙이는 호칭이기 때문에 익살의 의미가 있다.

록 큰 힘을 발휘한 걸까?

간단한 말이었지만 이 말은 쥐의 의미를 완벽하게 바꾸었기 때문에 그 쥐는 더 이상 주방이 깨끗하지 못해 튀어나온 쥐라고 할 수 없으며 청결한 위생 관리에 실패한 증거물도 아니었다. 쥐는 이름을 얻었고 신분이 생겼으며, 이 공간에서 통하는 이치를 가지게 된 것이나 다름없었다.

참된 이치가 아니고 그저 이야기이거나 이야기를 암시하는 것일 뿐이라도 해도 그렇다. 종업원의 말은 '샤오창'이라 불린 쥐에게 내력이 있으며, 그 쥐가 특수한 재주나 경험을 지니고 있음을 드러내 보인 것이므로 쥐는 자신을 식별할 수 있는 전용 호칭을 가지게 된 셈이다.

신분과 이름이 부각되는 이야기를 들으면 우리는 타고난 호기심을 발동시킨다. 우리의 욕망은 원래 습관에서 나온 반응이다. 식당에서 쥐를 보면 반사적으로 쫓아내기 마련이지만, 우리 안에서 발동된 호기심은 이러한 반응을 질문으로 바꾸어 놓는다. 왜 쥐를 '샤오창'이라고 부르지? 쥐가 이 식당에서 어떤 별난 짓이라도 한 걸까?

이야기에 관한 이런 본능적인 호기심을 활용하면, 아울러 듣는 사람이 호기심에서 우러난 자연스러운 친밀감까지 느끼게 되면, 그 효과는 괘씸하여 죄를 물으려 했던 식당 손님을 방어하는 정도로 그치지 않는다. 에이즈가 전 세계로 퍼지면서 남아프리카공화국은 가장 큰 영향을 받았다. 감염자 숫자뿐 아니라 인구에서 차지하는 비율을 봐도 남아프리카공화국의 상황이 가장 처참했다. 설상가상으로 그토록 많은 사람이 에이즈에 걸렸는데도 콘돔 사용을 귀찮아하는 국민 습관을 바꿀 수가 없었다. 깊숙이 뿌리박힌 관념 탓에 콘돔 사용이 '부자연스러우며' 남성의 품위를 해친다고 여겨지는 데다 여성도 충분히 참여하도록 할 방법이 없었다.

2003년 남아프리카공화국의 극작가이자 연극배우 브렌트 퀸Brent Quinn이 콘돔으로 새프터, 딕, 스터지라는 세 가지 캐릭터를 만들었다. 하나는 야구 모자를 쓴 키가 크고 비쩍 마른 흑인이다. 또 하나는 가슴팍이 터진 하와이안 티셔츠를 입은 백인, 나머지 하나는 작고 뚱뚱한 익살꾼이다. 이 세 캐릭터의 머릿속에는 어떻게 하면 여자를 꾀어서 잘까 하는 궁리뿐이다. 이런저런 모험을 하는 과정에서 셋은 콘돔의 중요성을 끊임없이 강조한다.

서서히 퍼져 나간 '세 친구'Three Amigos는 15초에서 1분짜리 짧은 동영상으로 만들어졌다. 이 세 친구는 금세 남아프리카공화국 사람의 익숙한 일상이 되었고, 나아가 콘돔을 새프터, 딕, 스터지라고 부르거나 아예 '아미고'라 부르는 사람도 많아졌다. 콘돔은 이제 다른 이름을 가지게 됐고, 자신과 관련된 이야기도 지니게 되었다.

'세 친구'가 세상에 등장한 지 1년 만에 남아프리카공화국의 콘돔 소비량은 전해에 비해 22퍼센트나 늘었다! 이어서 미국을 포함한 다른 나라에서도 앞다투어 '세 친구'를 도입하여 에이즈를 예방하는 중요한 수단으로 삼았다.

이렇게 콘돔은 그저 콘돔이 아니라 모두가 좋아하는 이야기와 내력을 지닌 '친구'가 되었다!

(8)

상상 속 생명체는 우리를 이야기 속으로 끌어들인다

미국 공영 방송국의 사명은 '훈련, 교육, 문화라는 목적을 가진 프로그램을 제공하며 창의적인 모험을 하게끔 해서 취약 계층, 특히 어린이와 소수 민족의 필요를 충족하는' 것이다. 이토록 분명한 사명 의식 덕에 미국 공영 방송국 시스템에서 일하는 사람이나 제작된 프로그램은 현실에 비판적이고 기득권자에게 비우호적인 경향을 띠게 된다.

하지만 미국 공영 방송국 경비의 절반은 정부 보조금이다. 매년 약 20억 달러에 해당하는 돈이 국회의 동의를 거쳐 지불된다. 미국 국회에 있는 우파 보수주의자가 공영 방송의 프로그램을 좋아할 리 없고, 예산 심사의 기회를 활용하여 공영 방송을 마음대로 뜯어 고치려 들지 않을 리 없다.

특히 1990년대에는 공화당이 하원을 장악하고 있었

는데, 뉴트 깅그리치가 하원 의장을 맡았을 때는 공영 방송에 맹렬한 공격을 퍼부었다. 깅그리치는 공영 방송에 대고 소수의 엘리트주의자가 나랏돈으로 자신이 지지하는 소수의 가치를 만족시키면서 미국 사회의 주류와 어긋나고 있다고 신랄하게 꼬집었다. 다른 공화당 의원은 다음과 같은 풍자 섞인 말을 했다. "맥도날드는 모든 사람의 입맛을 만족시켰기에 그토록 많은 돈을 벌었고, 한쪽으로 치우친 공영 방송은 정부 예산에 기대야만 유지될 수 있다." 수많은 공화당 의원의 호응을 얻으며 깅그리치는 앞장서서 공영 방송 시스템을 '민영화'해서 분할 매각하려고 했다.

공영 방송은 삽시간에 큰 위기에 처했다. 하지만 1996년 이후 공영 방송을 향한 공화당의 총공격은 빠르게 퇴조했다. 이유는 간단했다. 적극적으로 공영 방송을 망가뜨리려던 의원 몇 명이 우수수 낙선해 의회로 돌아갈 기회를 놓친 것이다. 공영 방송 민영화 계획은 물거품이 되었다!

낙선 의원 한 명이 선거에서 진 이유를 분석했다. "우리가 공영 방송을 정면으로 공격하기 시작했을 때는 확실히 많은 유권자의 동의를 얻었지만, 일단 이슈가 뜨거워지자 『세서미 스트리트』의 커다란 노란 새 '빅 버드'가 달려나와 억울하다는 듯 애처롭게 물었다. '그 사람들은 도대체 왜 나를 죽이려는 거죠?' 이 한마디에 우리는 끝장났다."

공영 방송의 자원 분배와 프로그램의 가치 편향은 매우 복잡한 문제로 각기 다른 입장의 다양한 평가를 불러올 수밖에 없었다. 일반 시청자는 명료하고 확고한 의견을 가지기 어려웠지만 많은 사람이 『세서미 스트리트』에 등장하는 귀여운 캐릭터를 알고 있었다. 이들은 저마다 개성이 넘쳤고, 끊이지 않는 이야기를 갖고 있었다. 시청자는 한 세대를 함께하며 아이들을 가르치고 자라게 한 이들 캐릭터와 이야기가 사라지는 일을 확고하게 거부했다. 이야기는 빅 버드에게 생명을 주었다. 상상 속의 생명체는 시청자에게 현실 속 생명만큼이나 귀중하게 느껴졌고, 심지어 현실의 생명보다 소중하게 여기는 이도 있었다. 이런 상황에서 어떻게 빅 버드를 죽이게 놔두겠는가? 빅 버드를 없애려 하는 의원을 선거에서 떨어뜨릴 수밖에!

깅그리치는 나중에 이렇게 인정했다. "우리는 공영 방송에 대한 시청자의 지지를 너무 저평가했다." 기실 정치권은 아직도 잘 모르고 있다. 시청자가 지지하는 것이 거대한 공영 방송 시스템이 아니라 이 시스템이 프로그램에 기대어 만드는 이야기임을, 이러한 이야기가 만들어 내는 공감임을. 가련한 모습으로 "왜 나를 죽이려는 거죠?"라고 말하는 빅 버드는 시청자를 이야기 속으로 끌어들인다. 어려움이 닥쳐 쩔쩔매는 빅 버드를 본 시청자는 분연히 떨쳐 일어나서 빅 버드를 구하는 역할을 맡은 셈이다.

＊미국 공영 방송 보조금의 위기
공영 방송 보조금이란 미국 교육부의 예산 편성으로 미국 공영 방송국과 공영 방송 서비스를 보조하는 것을 뜻한다. 보조금은 주로 『세서미 스트리트』 등 아동 프로그램 제작을 지원하며, 취학 전 아동에게 전미 공영 방송 시스템의 지역 방송을 학습 자료로 제공한다. 또 지역 사회의 부모와 교사에게 각종 워크숍을 제공하여 800만 어린이가 순조롭게 취학할 수 있도록 돕는다.
1996년에는 하원 전체의 결의로 보조금이 삭감될 뻔했으나 미국 시민이 공영 방송에 대대적 지지를 보내 준 결과 상원 심사에서 의결을 뒤집는 성공을 거두었다.
＊『세서미 스트리트』(Sesame Street)
미국의 저명한 유아 교육 텔레비전 프로그램. 교육과 오락을 결합한 프로그램으로 『세서미 스트리트』에 나오는 털북숭이 인형들은 시청자에게 매우 친숙한 존재이다.
『세서미 스트리트』는 2019년 현재 방송 50주년을 맞이해 미국 텔레비전 역사상 최장수 아동 프로그램이 되었다. 140개국에서 방영되었고 외국어 버전도 20개 이상 출시되었으며, 에미상을 189차례나 받았다.

어떤 것이든 이야기에 끌려 들어오면 우리는 그것을 다른 시선으로 바라보게 된다

아주 오래전 아동문학가 쯔민子敏의 『작은 태양』에서 읽은 짧은 대목을 잊지 못한다.

아이들이 견학차 큰 공장을 방문했는데, 공장에서 직원이 나와 이건 뭐고 저건 뭐다 하면서 안내를 했다. 평소에는 보기 힘든 큰 기계와 기계가 작동되는 모습을 보면서 모두 넋을 잃었다. 여기저기서 질문이 튀어나왔다. "이게 뭐예요?", "이건 검사기입니다", "신기하네요! 저건 뭐예요?", " 아, 빗자루입니다", "정말 대단하네요!"

언젠가 이 대목을 읽었을 때 나는 웃음을 터뜨렸다. 견학 중인 아이들의 모습에서 『홍루몽』에 나오는 류 노파가 대관원⊛에 들어가서 보는 것마다 모르는 것뿐이라 뭐든지 신기해하면서 어지러워하는 모습이 연상되었기 때문이다. 아이들은 벽에 걸린 빗자루도 못 알아보고, 누군가

⊛ 중국 청나라 때의 장편소설 『홍루몽』(紅樓夢)에 등장하는 귀족 원림(園林)이다. 뱃놀이를 할 수 있는 연못과 가축을 방목할 수 있는 정원이 있으며, 대관원 내의 건물 하나하나가 고급 주택의 규모를 가질 만큼 광대한 공간이다. 소설 속 류 노파는 이곳에 사는 가모(賈母)의 초대로 대관원을 구경하게 된다.

"그건 그냥 빗자루야!"라고 말해도 정신없는 상태에서 벗어나지 못한 채 부랴부랴 "정말 대단하네요!"라고 외쳤다.

마거릿 와이즈 브라운이 쓴 『중요한 사실』이라는 책이 있다. 브라운은 시도 쓰고 어린이책도 썼는데, 어린이책 대부분에는 당연히 이야기가 있다. 『중요한 사실』은 형식상으로는 어린이책과 비슷하지만 그 안에는 일반적인 의미에서의 이야기가 없다. 이 책에는 생활 주변에서 만날 수 있는 많은 평범한 것이 나오는데, 그게 무엇이든 첫 구절에 '중요한 사실'이라는 단어가 들어간다.

이를테면 이런 식이다. "숟가락에 관한 중요한 사실은 이걸로 밥을 먹는다는 거야. 숟가락은 작고 둥근 삽처럼 생겼는데, 손으로 쥐고 입에 물 수도 있지. 숟가락은 납작하지 않고 오목해. 숟가락으로 뭐든지 뜰 수 있지. 하지만 숟가락에 관한 중요한 사실은 이걸로 밥을 먹는다는 거야."

사과는 어떨까? "사과에 관한 중요한 사실은 사과가 둥글다는 거야. 사과는 빨간색인데, 한 입 베어 물면 하얀 속이 나오지. 사과즙이 얼굴에 튈 수도 있어. 맛은 물론 사과 맛이지. 사과나무에서 툭 떨어지기도 해. 하지만 사과에 관한 중요한 사실은 사과가 둥글다는 거야."

바람은 이렇다. "바람에 관한 중요한 사실은 바람이

불어온다는 거야."

비도 있다. "비에 관한 중요한 사실은 비가 축축하다는 거야. 하늘에서 떨어지는데, 빗소리가 나지. 비를 맞으면 모든 것이 반짝거려. 아무 맛도 안 나고 아무 색깔도 없어. 하지만 비에 관한 중요한 사실은 비가 축축하다는 거야."

더 재미있는 것은 하늘이다. "하늘에 관한 중요한 사실은 하늘이 영원히 그 자리에 있다는 거야. 정말이야."

그렇다. 우리가 문을 열고 나가면 하늘은 그곳에, 영원히 그곳에 있다. 만약 그곳에 있지 않다면 엄청나게 골치가 아플 것이다.

『중요한 사실』에 쓰인 논리는 쯔민이 아이들의 마음을 묘사한 논리와 기본적으로 같다. 일상에서 흔히 볼 수 있는 물건이 다른 환경과 상황에 놓이면 평소와는 달리 놀랍고 신기하게 바라보게 된다. 이러한 느낌은 전혀 우습지 않고 오히려 아름답고 산뜻한 경험을 하게 만든다. 빗자루는 빗자루일 뿐이다. 변하지 않는다. 변하는 것은 사람이 빗자루를 대하는 관점과 자세다. 달라진 눈으로 보면 단순하고 무료하기 그지없는 빗자루가 아니라 '신기하고 대단한' 빗자루를 볼 수 있다.

『작은 태양』의 아이들은 그러한 관점과 자세를 가지

게끔 우리를 이끈다. 이야기도 마찬가지다. 우리는 이야기를 듣고 싶어 하고 이야기를 필요로 한다. 어떤 것이든 이야기에 끌려 들어오면 우리는 그것을 다른 시선으로 바라보고, 달라진 사물을 중요하게 여기게 된다. 우리는 참지 못하고 이렇게 소리친다. "정말 대단하네요!"

✻마거릿 와이즈 브라운(Margaret W. Brown, 1910 – 1952)

『잘 자요, 달님』, 『엄마, 난 도망갈 거야』, 『작은 기차』와 같은 불후의 명작을 남긴 미국 황금시대의 대표 인물이다. 그녀는 아동교육을 공부했지만 교사 일에 적응하지 못해 출판사에서 일하면서 어린이 책을 썼다. 독자가 이야기에 직접 참여하고 창작자가 되도록 유도함으로써 아동문학의 새로운 지평을 열었다.

✻『중요한 사실』(The Important Book)

마거릿 와이즈 브라운이 1949년에 낸 실험적인 작품이다. 미국 초등학교에서는 이 책으로 학생에게 글쓰기 훈련을 시키기도 한다. 숟가락, 데이지, 비, 눈, 풀, 사과, 바람, 하늘, 구두, 너(you)라는 열 가지 주제의 현상을 묘사한 짧은 시 10수로 이루어져 있으며, 정해진 형식이 있어서 독자가 쉽게 흉내 내어 창작할 수 있다. 이를 통해 아이는 자신의 생활과 긴밀하게 연결된 이야기를 더 사랑하게 된다.

(10)

이야기를 통해 우리는 한결 쉽게 음악과 함께하는 길을 찾을 수 있다

1838년 겨울, 쇼팽과 조르주 상드, 상드의 두 아이는 마요르카섬에서 다 같이 휴가를 보냈다. 처음에는 날씨가 좋았고 즐거운 나날이었다. 하지만 12월 6일부터 섬에 비가 내리기 시작했다. 쇼팽은 병이 났고, 숙소 주인은 쇼팽이 병들어 집을 오염시킨다는 이유로 떠나라고 요구했다. 게다가 상드에게 집 안 소독과 벽 페인트칠 비용에다 침대를 불태우고 새 침대를 구입하는 비용까지 청구했다.

이들은 부근에 있는 수도원으로 거처를 옮겨야 했다. 비는 그칠 줄을 몰랐고 쇼팽의 병은 호전될 기미를 보이지 않았다. 남장을 하고 담배를 피우는 습관을 가진 상드 탓에 인근 주민은 더더욱 이들과 가까이하려 하지 않았다. 그런데도 개성이 강한 상드는 원래 계획대로 겨울을 마요르카섬에서 지내겠노라 고집을 부렸다. 상드는 두 아이를 데리고 섬 곳곳의 유적을 탐방했다. 병으로 허약해진 쇼팽에게는 수도원에 남아서 진즉 작곡해서 출판사에 넘겨야 했던 피아노 연주곡 악보를 완성하라고 했다.

한번은 상드가 아들을 데리고 물건을 사러 나갔는데, 큰비가 내려 길이 물에 잠겼다. 비를 피하느라 한참을 기다리다가 다른 길로 돌아오는 바람에 수도원에 돌아오는 데 여섯 시간이나 걸리고 말았다.

창백한 얼굴로 피아노 앞에 앉아 있던 쇼팽은 상드 일행이 방에 들어오는 걸 보고는 갑자기 괴성을 지르더니 황망히 일어나 갈라진 목소리로 외쳤다. "알았어, 알겠다고, 당신들은 죽었어!"

상드가 올 때까지 긴 시간을 기다리던 쇼팽은 환영을 보았다. 상드와 아들의 죽은 모습이었는데 마치 생생한 현실 같았다. 겁에 질린 쇼팽은 피아노 연주로 자신을 달랬다. 손가락 아래에서 흘러나오는 피아노 소리가 그를 위로해 주었다. 쇼팽은 자신도 이미 죽었노라고 스스로를 설득하려 애썼다. 그러자 넓디넓은 호수에 빠진 자신이 보였다. 무겁고 차가운 물방울이 가슴에 똑똑 떨어지고 있었다.

그러다 상드가 나타나자 순간 쇼팽은 죽은 자신이 죽은 상드와 아들을 보는 줄 알았던 것이다.

자신의 죽음을 보았을 때 쇼팽이 연주한 곡은 분명

「전주곡 제15번 D플랫 장조」였으리라. 이 곡의 애칭은 「빗방울 전주곡」이다.

　이 곡을 단순하게 듣는다면 끊임없이 반복되는 리듬과 중간중간 희미하고 어렴풋한 선율이 들린다. 이 곡에 '빗방울'이라는 제목이 붙은 걸 알면 음악과 빗방울의 유사함을 깨닫게 되고, 나아가 비 오는 날의 어둑한 하늘과 차고 습한 공기까지 떠올릴 수 있다.

　'빗방울'에서 더 나아가면 그해 겨울 쇼팽이 마요르카 섬에서 호수에 빠져 죽은 자신을 본 느낌과 다시는 돌아오지 않을 것만 같던 상드를 기다리는 마음도 알 수 있다. 그렇다면 이 전주곡이 전하는 의미는 크게 달라진다.

　이야기가 있는 음악과 없는 음악은 다르다. 음악은 변하지 않지만 이야기는 우리가 듣는 음악을 변화시킬 수 있다. 이야기는 우리가 음악 속에 녹아 있는 경험과 감각을 느낄 수 있도록 한다. 무엇보다도 이야기를 통해 우리는 한결 쉽게 음악과 함께하는 길을 찾을 수 있다. 음악에서 이야기를 듣고, 이야기를 빌려 음악에서 더 많은 것을 자세하게 듣는다. 나아가 이야기 속 쇼팽의 고통과 우울, 자기기만과 놀란 마음을 상상하고 이해할 수 있다. 이야기와 음악은 변증법적으로 반복하며 서로를 강화하고 우리 마음속에서 끊임없이 메아리친다.

2

이야기 효과

(1)

빼어난 이야기는 핵심을 빠르게 전달한다

산골에서 자란 아이가 처음 바닷가로 소풍을 갔다. 돌아온 뒤 선생님이 바다에 관한 글을 써 오라는 숙제를 냈다. 아이는 이렇게 썼다. "산골에서 사는 게 정말 다행이다. 바닷가에 살았으면 노상 파도가 일고 그 소리 때문에 조용하게 살 수가 없었겠지?"

선생님은 아이를 불러 따끔하게 혼을 냈다. "이 녀석아, 이렇게 쓰면 바닷가에 사는 사람한테 실례가 아니냐!" 그러고는 이렇게 말을 이었다. "나도 산골에 처음 부임해 왔을 때는 산골 사람이 어찌나 시끄러운지 조금도 조용하지가 않았단 말이다!"

훈계를 들은 아이는 이튿날 감나무에서 잘 익은 홍시를 따 먹으면서 강 건너편 산봉우리를 쳐다보다가 문득 숲의 나무가 흔들리고 있음을 발견했다. 코앞에 있는 감나무를 자세히 살피니 위쪽에 이슬방울이 가득 매달려 있었고,

이슬방울마다 자신의 모습이 담겨 있었다. 아이는 이전에는 고요하다고만 여겼던 산이 사실은 수많은 움직임과 변화로 가득하다는 사실을 돌연 깨달았다.

이제 아이는 주변을 세심하게 관찰하기 시작했다. 나중에 감나무에 맺힌 이슬의 이미지를 사용해서 난생처음 시를 쓰기도 했다. "떨어진 빗방울 위로/ 바깥 풍경이 비치고/ 떨어진 빗방울 속에/ 다른 세계가 있네."

이 아이는 일본 작가 오에 겐자부로다.

아이는 훗날 시코쿠의 산골을 떠나 도쿄로 갔고, 도쿄대 입학시험을 쳤으나 떨어졌다. 1년 동안 재수를 하고 1954년에 다시 시험을 보았는데, 그해는 마침 처음으로 타이완 지역의 학생도 입학시험을 치를 수 있게 된 해였다. 시험을 볼 때 오에 겐자부로는 실수로 답안지를 시험장 바닥에 떨어뜨렸는데, 곧바로 옆자리 수험생 발에 밟혀 더럽혀지고 말았다. 오에는 잔뜩 긴장한 채로 손을 들고 떠듬거리면서 시험 감독 교사에게 답안지를 다시 달라고 요청했다. 너무 긴장해서 심하게 더듬는 오에에게 마음 좋은 시험 감독은 천천히 또박또박 물었다. "타-이-완-에-서-왔-나-요?" 긴장하고 부끄러웠던 오에 겐자부로는 감히 아니라고 답하지 못했다.

도쿄대에 입학한 후 교정을 거닐던 오에는 우연히 그 시험 감독과 마주쳤다. 그는 오에를 기억하고 있었고, 오에를 볼 때마다 천천히 또박또박 말을 건넸다. "안-녕, 지-내-는-데-별-문-제-는-없-나?" 이러지도 저러지도 못한 처지가 된 오에는 자신이 타이완에서 온 것이 아니라고 고백할 수가 없었다.

이 일화를 떠올리면서 오에 겐자부로는 이렇게 말했다. "이런 상황에서 저는 난민의 감각을 느꼈습니다. 난민이 된 것 같은 제게 용기를 불어넣기 위해 저는 상상력에 기대어 현실 속에 있던 것을 파괴하고 변형하기로 결심했습니다. 그게 바로 제가 미래에 살고자 하는 방향입니다."

오에 겐자부로는 섬세한 관찰자가 되었고 끊임없이 기존 체제에 도전하는 탁월한 작가가 되었다. 이러한 특징은 일찍부터 그의 삶에 있었겠지만, 극적이고 쉽게 전할 수 있는 일화를 통해 자신의 특징을 더 생생하게 설명함으로써 오에 겐자부로는 독자에게 더 깊고 확실한 인상을 심어주었다.

우리 삶의 변화는 기실 조금씩 쌓여서 이루어지는 경우가 대부분이다. 조금씩 문학을 좋아하는 사람이 되고, 조금씩 체제에 반대하는 사람이 된다. 하지만 천천히 쌓이는 변화는 표현하기가 어렵고 기억하기는 더 어렵다. 기억하고 표현할 때 우리는 늘 이야기의 도움을 필요로 한다. 극적인 포인트를 잡아 변화를 정리하고 농축해서 한 편의 이야기로 만든다. 빼어난 이야기로 우리는 자신을 표현하고, 핵심을 빠르게 전달할 수 있으며, 스스로를 정리해서 소설가나 저항하는 청년이 되는 발단을 만들기도 한다.

우리는 이야기로 자신을 정리하고, 이야기로 다른 사람에게 자신의 도드라지는 개성을 알린다.

(2)
이야기는 특징을 도드라지게 하는 효과적인 도구다

『피터 드러커 자서전』 머리말에 이런 대목이 나온다.

"처음 봤을 때는 고지식하고 따분하기만 했던 사람이 있다. 잉글랜드의 작은 마을에 사는 은행가였는데, 입만 열면 허튼소리라 하품을 연거푸 하게 만드는 사람이었다. 그런데 그가 화제를 바꿔 단추의 역사를 이야기하기 시작하자 눈이 번쩍 뜨였다. 이 작은 물건의 발명, 형태, 재질, 기능과 용도 등을 자세하게 설명하며 그는 뜨거운 열정을 지닌 위대한 시인으로 돌변했다. 내가 재미있다고 여긴 건 주제가 아니라 그 사람이었다. 그 순간만큼 그는 상당히 특별한 사람이 되어 있었다."

적어도 그 은행가는 피터 드러커의 머릿속에 자신을 단단히 각인시켰다.

1943년, 피터 드러커는 미국 제너럴모터스의 초빙을 받아 기업 구조와 정책 등을 연구하게 되었다. 드러커는 연구에 참고할 수 있도록 모든 간부의 자료를 제공받기로 했다. 그는 자료를 조사하다가 수석 재무 담당자 앨버트 브래들리의 자료가 부족한 것을 발견하고 홍보 부서에 요청했으나 책임자는 여러 가지 핑계를 대며 자료 제공을 거부했다. 드러커는 브래들리가 '이야기할 수 없는 과거'를 가진 게 틀림없다고 직감했다. 그는 제너럴모터스의 부회장에게 직접 이야기할 수밖에 없었다. 부회장은 드러커에게 브래들리의 자료를 건네고는 웃으면서 말했다. "홍보 부서에서 외부에 공개하고 싶어 하지 않는 비밀이라도 있는 것 같지요? 그게 도대체 뭘까요?"

자료를 몇 번이나 살펴본 드러커는 패배를 인정하지 않을 수 없었다. 감추어야 할 어떤 비밀도 발견하지 못했던 것이다. 부회장이 말했다.

"그의 학력을 보세요."

학력이라고? 브래들리는 미시건대학교의 경제학 박사였다. 부회장이 설명했다.

"그는 대학에 다닌 건 물론이고 박사 학위까지 받았어요. 더 곤란한 사실은 제너럴모터스에 입사하기 전에 미시건대학교에서 강의를 한 경력까지 있다는 겁니다."

알고 보니 제너럴모터스의 경영진은 대개 밑바닥 출

신이었다. 캐딜락 공장의 책임자도 독일 벤츠의 말단 부서에서 손에 기름을 묻히며 일하던 엔지니어 출신이었다. 쉐보레 공장의 책임자도 초등학교 졸업도 못하고 입사한 사람이었다. 이런 경영진 사이에서 '박사'는 돌연변이나 마찬가지였고, 박사 학위는 브래들리가 가장 알리고 싶지 않은 이력이었던 것이다.

박사 학위를 숨기려 했던 이 작은 일화는 드러커에게 깊은 인상을 남겼다. 게다가 이런 과정을 통해 드러커는 제너럴모터스의 기업 문화를 더없이 명확하게 파악했다. 제너럴모터스 회장 앨프리드 슬론은 직원만을 위한 공과 대학까지 만들었지만 외부에 알리려고 하지 않았다. 슬론의 회고록 『나의 GM 시절』에는 그 이름조차 나오지 않는다. 그는 오히려 제너럴모터스 직원이 대개 밑바닥에서 시작했다는 사실을 강조한다. 학위에 기대야만 업계에서 활약할 수 있다고 여겨지지 않기를 바랐기 때문이다.

특징이 있어야 기억될 수 있다. 이야기야말로 특징을 찾아내고, 특징을 도드라지게 하는 효과적인 도구다. 특징이 없으면 이야기를 만들 수 없고, 이야기를 하고 싶으면 먼저 특징을 찾아야 한다. 단추에 관한 광적인 열정이 없었다면 그 사람은 그저 따분한 금융인에 불과했을 테고, 아무도 그를 기억하지 못했을 것이다. 마찬가지로 브래들리가 학위를 숨겼던 희한한 일화를 통해 평범한 원칙에 불과했던 제너럴모터스의 인사 환경은 입체적인 이야기로 바뀌었다. 사람들은 이 이야기를 더 잘 기억하며, 다른 이에게도 쉽게 전달할 수 있게 되었다. 게다가 이를 통해 더 많은 이가 이야기한 사람을 기억하게 되었을 뿐 아니라, 이야기를 전할 때마다 마음속에 더 강한 인상이 남아 결코 이 일을 잊을 수 없게 되었다.

좋은 이야기에는 이질적인 삶을 대조하는 데에서 나오는 효과가 담겨 있다

오사카 전투는 일본 에도시대에 벌어진 중요한 전투이다. 도쿠가와 이에야스의 작은아들 도쿠가와 요리노부가 만 열네 살에 전투에 참가한다. 그는 공성전의 선봉 부대를 맡을 수 있다는 몽상에 젖어 있었지만 후위 부대로 배치되었다.

오사카성이 함락되자 도쿠가와군이 모두 환호하며 경축했지만 요리노부는 홀로 꺼이꺼이 통곡을 했다. 요리노부 곁을 지키던 늙은 신하가 그를 위로했다. "괴로워하지 마십시오. 도련님의 창창한 앞날을 위해 주군께서 이렇게 안배하신 것이 분명합니다. 훗날 솜씨를 발휘하실 기회가 기필코 오지 않겠습니까?"

슬픔에 젖어 있던 요리노부는 화를 벌컥 내며 늙은 신하에게 호통을 쳤다. "무슨 당치도 않은 말을 하는가! 나의 열네 살이 다시 올 수 있다는 건가?"

이 짧은 이야기는 인생의 시간을 대하는 두 가지 태도를 생생하게 보여 준다. 늙은 신하를 포함한 대부분의 사람은 인생 전체에서 거둔 성과의 총합을 중시한다. 삶은 이런 저런 경험이 더해진 결과이고 따라서 시간은 도전과 기회를 뜻한다. 우리가 늘 지금 잠시 참고 억누르는 까닭은 미래에 더 많은 기회와 도전이 가능하리라 믿기 때문이다. 물론 늙은 신하는 열네 살 소년이 덜 위험한 자리에서 생명을 안전하게 보전함으로써 훗날 공을 세울 수 있으며 당장 급할 것은 없다고 믿었을 것이다.

하지만 도쿠가와 요리노부에게 시간은 다른 의미였다. 그에게는 열네 살이라는 당장의 절대적 시간이 중요했다. 이 시기가 지나면 더 이상 열네 살 소년으로 전투에 임할 수 없을 터였다.

요리노부는 그저 영웅 무사에 머물지 않고 전투에 나서 용맹하게 싸운 소년 영웅이 되고자 했다. 공성전 선두에 선 소년이라는 특별한 자부심을 가지고 싶었다. 이로 인해 생명을 잃더라도 조금도 아깝지 않았을 것이다. 요리노부가 추구한 기회는 오직 한 번뿐, 다음 기회는 없었다.

꾸며 낸 것이 분명한 또 다른 일화도 있다. 요리노부의 아버지 도쿠가와 이에야스가 맞수 오다 노부나가, 도요토미 히데요시와 교토의 사찰 다이고지에 모여 술자리를 갖게 되었다. 주인인 도요토미 히데요시가 이곳의 나무에 사는 꾀꼬리 우는 소리가 아름다우니 꼭 들어 보라고 두 손님에게 권했다.

밤이 되었으나 꾀꼬리 울음소리는 들리지 않았다. 오다 노부나가가 미간을 찌푸리며 말했다. "꾀꼬리가 울어야 하는데 울지 않으니, 내가 그놈을 죽여야겠소."

그러자 도요토미 히데요시가 웃으며 말했다. "꾀꼬리가 울어야 하는데도 울지 않으니, 내가 그놈을 울게 만들겠소."

도쿠가와 이에야스는 앉은 자리에서 허리를 쭉 펴고는 한참 후에야 입을 열었다. "꾀꼬리가 울어야 하는데도 울지 않으니, 나는 그놈이 울 때까지 기다리겠소."

실제로 있었던 일은 아니지만 이 이야기에는 세 사람의 개성 차이가 확연히 드러나 있다. 이보다 더 정확할 수 없을 정도다. 꾀꼬리뿐 아니라 삶에서 추구하는 목표와 마음속에 품은 기대에 세 사람은 완전히 다른 태도를 보였다. 한 사람은 강하고 폭력적이고, 다른 한 사람은 부드럽게 잘 꾀어 내며, 또 다른 한 사람은 놀랄 만한 인내심을 지녔다.

이야기는 우리 인간의 다양한 모습을 보여 주곤 한다.

실제로 좋은 이야기에는 대개 이질적인 삶을 대조하는 데에서 나오는 효과가 담겨 있다. 이야기는 보편을 드러내는데 능하지 않다. 모두 다 같거나 모두 다 같기를 바랄 때는 표어나 명령 또는 조문을 사용하면 꽤 효과가 있다. 반대로 특징과 차이를 드러내고자 할 때는 이야기를 사용한다.

누군가에게는 이렇게 생각하고 저렇게 행동하는 이유가 있고 다른 누군가에게는 저렇게 생각하고 이렇게 행동하는 까닭이 있다고 할 때, 이쪽도 옳고 저쪽도 옳다면 이들의 행위와 방식은 서로 충돌하여 불꽃을 튀길 수밖에 없다. 이것이 바로 흥미진진하고 듣기 좋은 이야기를 떠올리는 하나의 공식이다.

(4)

전기적 이야기는 누가 우리와 같은 부류이고, 누가 같은 부류가 아닌지를 분별하게 해 준다

2004년 민주당을 대표해 미국 대선에 출마한 존 케리는 젊었을 때 '일렉트라'라는 밴드를 만들어 베이스 기타를 연주했다. 그가 가장 좋아하는 곡은 비틀스의「애비 로드」였다. 케리와 함께 민주당 경선에서 맞붙어 경쟁한 하워드 딘은 아코디언은 물론이고 기타도 연주할 줄 알았는데, 그가 가장 좋아한 가수는 비틀스의 조지 해리슨이었다. 초기 경선에 참가한 전 나토 사령관 웨슬리 클라크는 가장 좋아하는 음반이 비틀스의『노란 잠수함』이라고 밝혔다.

전 미국 대통령 빌 클린턴은 색소폰을 불 줄 안다. 경선을 할 때 한 방송 채널과 인터뷰를 하면서 비틀스의 곡을 색소폰으로 연주했다. 클린턴의 경선 파트너였던 앨 고어도『롤링스톤』지와 인터뷰하면서 비틀스를 언급한 적이 있다. 고어는 이렇게 말했다.

"비틀스는 새로운 소리를 들려주는 데에 머물지 않았

습니다. 우리에게 새로운 것, 새로운 감각까지 주었죠. 비틀스는 상상할 수 없었던 새로운 시대정신을 우리에게 제공했습니다."

케리나 클린턴, 고어와 나이가 비슷한 전 영국 총리 토니 블레어도 젊었을 때 '어글리 루머스'라는 밴드를 만들어 기타리스트 겸 리드싱어로 활약했다. 2004년 블레어가 중국을 방문했을 때 대학생과 좌담하는 자리가 있었는데, 한 학생이 블레어가 예전에 밴드 했던 일을 거론하면서 즉석 연주를 요청했다. 당황한 블레어가 얼굴을 붉히면서 동석한 아내 쪽으로 고개를 돌리자 체리 여사는 조금도 망설임 없이 마이크를 받아 들고는 조금 잠긴 목소리로 비틀스의 명곡 「내가 예순네 살이 되었을 때」를 불렀다.

앞서 예를 든 인물 모두 비틀스의 음악을 듣고 자랐다. 비틀스는 그 세대에 공통된 전기적 이야기였고, 그 세대는 비틀스의 전기적 이야기 속에서 살았으며 비틀스의 이야기를 빌려 서로의 관계를 분별했다. 이는 이야기, 특히 전기적 이야기의 또 다른 중요한 기능이다. 개별 인생의 기억을 꿰어 엮는 기능.

비틀스는 또한 역사다. 역사에 기록되어 역사의 일부가 되었다. 그런데 비틀스는 역사일 뿐 아니라 비틀스를 둘러싸고 대대로 전해지는 이야기이기도 하다. 대부분의 사람은 역사 사건의 방관자일 뿐 직접 그 사건에 참여하지는 않는다. 그러나 많은 사람이 비틀스 이야기를 듣고 전달함으로써 충분히 자신을 시대의 일원이라고 느낀다. 비틀스의 노래를 들으며 노래에 담긴 저항 정신과 방황하는 박애 정신이 자신에게 흘러드는 것을 느끼고 이를 자기 삶의 핵심 가치로 받아들인다. 이는 일반적인 역사가 전할 수 있는 감각이 아니라 전기적 이야기만이 해낼 수 있는 일이다.

전기적 이야기는 누가 우리와 같은 부류이고, 누가 같은 부류가 아닌지를 분별하게 해 준다. 전 미국 대통령 조지 부시는 1964년부터 1968년까지 대학에 다녔지만 비틀스에 관해 묻자 얼버무리면서 이렇게 답했다. "앞서 나온 음반 몇 장은 좋았지만 뒤에 나온 건 좀 이상해져서 좋아하지 않게 됐습니다." 그러면서도 처음부터 끝까지 음반 이름이나 곡명은 하나도 대지 못했다.

1960년대 미국 대학생이 비틀스 이야기에 영향을 받지 않았다니, 정말 쉽지 않은 일이다! 부시 안에는 분명 비틀스로 대표되는 젊음의 격정과 하나된 세계를 보고자 하는 꿈에 저항하는 강한 힘이 있었으리라. 부시가 보수적인 대통령이 되어 미국의 패권을 주장하고 경솔하게 2차 이라크전쟁을 일으킨 사실이 하나도 놀랍지 않다.

(5)
이야기는 사람들의 마음을 하나로 묶어 공동체 감수성을 만들어 낸다

카프카가 생전에 발표한 소설 중 「선고」라는 작품은 이렇게 시작된다. "이런 전설이 있다. 황제가 임종할 무렵 외롭고 가엾은 노예에게, 황제의 빛나는 태양 아래 가장 먼 그늘로 도망쳐 숨었던 미천한 그대에게 성지를 내렸다." 이 전설이 생겨난 배경 설명은 따로 없다. 그런데 카프카가 죽고 나서 발견된 노트 여덟 권 중 여섯째 권에 미발표 소설 『만리장성의 축조』가 들어 있었고, 「선고」는 알고 보니 그중 일부였다.

『만리장성의 축조』는 과장된 수법으로 장성을 짓는 방대한 공정을 그린다. 첫 삽을 뜨기 50년 전부터 중국 백성은 벽을 쌓는 훈련을 받기 시작했다. 아이가 막 걸을 수 있게 되면 스승 집에 있는 작은 뜰에서 자갈로 벽을 쌓는 법을 배운다. 스승이 벽을 힘주어 밀었을 때 맥없이 무너지면 아이는 스승에게 야단을 맞고 울면서 부모에게 달려

간다.

충분히 훈련을 받고 나면 장성을 쌓는 일에 투입된다. 장성 쌓는 방법은 다음과 같다. 스무 명이 한 팀을 이루어 팀마다 500미터를 책임지고 쌓는다. 옆 팀도 마찬가지로 500미터를 쌓고 이 둘을 함께 잇는다. 둘을 이은 다음에는 천 미터의 장성을 계속 이어서 짓는 게 아니라 이 두 팀을 다른 곳으로 보내서 다시 같은 방법으로 장성을 쌓게 했다. 그리하여 곳곳에 천 미터의 장성이 지어졌고, 장성과 장성 사이에는 빈틈이 남았다. 이 빈틈은 나중에 천천히 메워 나갔는데, 심지어 전체 장성이 준공을 마친 뒤에도 메워지지 않은 빈틈이 남았다.

어째서 장성을 이런 방식으로 지은 것일까? 이렇게 띄엄띄엄 지으면 나중에 관원도 어디에 빈틈이 있는지, 얼마나 비어 있는지 분명하게 알 수 없을 텐데 말이다. 말을 타고 빠른 속도로 움직이는 북방 민족은 수많은 빈틈을 중국인보다 더 잘 파악할 테고, 그리 되면 장성은 북방 유목 민족을 막아 내는 기능을 잃게 되지 않을까?

소설에서는 이렇게 설명한다. 성을 반드시 끊어서 짓게 해야만 했다. 이런 식이 아니면 집에서 수백 리 떨어진 황무지에 인부들을 데려다 놓고 날마다 돌을 쌓게 만들 수가 없었다. 500미터 길이야말로 인부가 참을 수 있는 한계였던 셈이다. 500미터를 다 쌓을 때쯤이면 인부는 자신과 장성, 온 세상에 대한 믿음을 잃기 시작하지만, 다행히 500미터만 완성하면 그 끔찍한 곳을 빨리 벗어날 수 있으며 축성의 단계적인 성취감도 얻을 수 있다. 머나먼 다른 곳에 또 다른 성을 지으러 가는 길목에서 인부는 다른 팀이 지은 성을 목도하고, 제단에서 장성의 준공을 기원하는 신심 깊은 이들을 지켜보면서 다시금 성을 쌓을 수 있는 기운을 얻었다.

"소박하고 본분을 지키는 농민에게는 언젠가 장성이 완성될 거라는 흔들리지 않는 믿음이 있었다. (……) 인부는 자기 나라가 얼마나 넓고, 부유하며, 아름답고, 사랑스러운지를 처음으로 깨달았다."

이 이야기는 물론 실제 중국 장성의 축조 역사가 아니다. 카프카가 쓴 것은 장성을 축조하는 전설 같은 이야기, 그것도 실제 이야기보다 부풀려진 이야기일 뿐이다. 이렇게 지은 장성은 더 이상 북방 민족을 방어하기 위한 것이 아니었다. 누군가는 이렇게 말할지도 모른다. 방어 기능의 의미는 퇴색했으며 이토록 많이 남겨진 빈틈은 사람이 내왕할 수 있도록 여지를 남긴 것이라고. 가장 중요했던 의미는 장성을 쌓는 일 자체로 변했고, 장성을 쌓는 이야기로 변했다.

장성 쌓기는 상상 속의 중국인에게 하나의 공통된 꿈을 제공했고, 먼 길을 고생스럽게 가서 나라 안에 다른 사람이 분명히 존재한다는 사실을 확인하는 기회를 주었다. 바꾸어 말하면, 만리장성을 쌓는 이야기는 동포를 하나로 묶고, 사람들이 이 이야기에 동참하게 함으로써 공동체의 감수성을 만들어 냈다.

카프카는 중국 역사는 잘 몰랐지만 이야기를 활용해서 공동체를 만들고, 나라를 만드는 일에서는 놀라울 만큼 직관적인 통찰과 이해를 지니고 있었다.

---

*프란츠 카프카(Franz Kafka, 1883-1924)
독일의 소설가 카프카는 모더니즘 문학의 선구자로 불린다. 여러 가지 상징과 다양한 해석을 포함하는 우화 스타일의 글쓰기로 소설의 새로운 국면을 열었다. 1899년 글쓰기를 시작했는데 초기 작품은 대부분 미완성작이다. 카프카는 죽기 전에 친구에게 유서를 남겨 자신의 모든 작품을 소각해 달라고 부탁했지만 친구가 유언을 따르지 않은 덕에 미완성 소설이 세상에 전해졌다. 대표작으로 장편소설 『심판』, 『성』, 『아메리카』, 중편소설 『변신』 등이 있다.

6

우리는 이야기라는 모형을 통해 세상을 이해한다

미국인 대다수는 벤저민 프랭클린을 위대한 혁명 영웅으로 기억한다. 1775년 독립혁명 발발에 분노의 불쏘시개를 던진 것 역시 프랭클린의 혁명적 공적이라 할 수 있다.

1773년 당시 영국에 파견되어 있던 프랭클린은 매사추세츠주 총독 토머스 허친슨이 모국에 보낸 편지를 몰래 보스턴으로 보냈다. 얼마 후 이 편지는 보스턴의 신문을 통해 폭로되었는데, 편지의 내용은 식민지 미국인에 관한 허친슨의 시각을 명징하게 보여 주었다. 허친슨은 식민지 미국인이 영국인과 똑같은 자유를 누릴 가치가 없으며, 그렇기 때문에 식민지 미국인의 자유에 대폭 제한을 두어야 한다고 여기고 있었다.

편지의 내용은 큰 파문을 일으켰다. 원래부터 영국에 불만을 품고 있던 급진파는 편지 내용으로 '우리를 향한 악랄한 적의 음모'가 틀림없이 존재한다는 것을 증명했고, 많은 동조와 지지를 얻었다. 뒤이어 '보스턴 차 사건'이 일어났다. 식민지의 동의를 거치지 않은 '차 세법'이 항쟁의 초점이 되어 마침내 식민지와 본국의 무장 충돌이 일어났고 전쟁을 촉발했다.

프랭클린은 격렬한 반응을 불러일으킨 허친슨의 편지를 몰래 보낸 이였다. 하지만 그는 결코 이 편지를 공개적으로 발표할 생각이 없었다. 훗날의 결과와 정반대로, 편지를 통해 미국인의 정서를 누그러뜨리려는 의도였다. 자신의 동료들이 영국은 식민지에 악의가 없으며 식민지에 파견된 총독이 왜곡된 사실을 보고해 영국 정부를 오도하고 있는 것임을 이해하길 바랐다. 복수는 원수에게 해야 하고 빚은 빚쟁이에게 받아야 하듯, 식민지는 본국을 미워할 것이 아니라 더 능력 있고 양심 있는 관리를 파견하도록 요구하는 데 역점을 두어야 한다고 생각했다.

프랭클린은 이때까지만 해도 결코 혁명가가 아니었다. 그는 더없이 충성스러운 대영제국의 백성이었으며, 본국과 식민지 사이의 화합과 상생의 국면을 도모하기 위해 애썼다. 그런데 허친슨의 편지가 공개된 후 프랭클린은 영국 국회에 서게 되었다. 우악스러운 국회의원이 그에게 한

바탕 모진 고초와 굴욕을 안겨 주었다. 프랭클린은 크게 실망했고, 영국에 대한 충성심에도 금이 가기 시작했다.

혁명이 발발한 후, 식민지 정부는 프랭클린에게 유럽 대륙으로 가서 지지를 구하라고 요구했다. 프랭클린은 프랑스에서 각계각층의 열렬한 환영을 받았다. 프랭클린이 이룬 과학과 발명 성과는 일찍이 프랑스에 퍼져 있었다. 한순간에 프랭클린과의 회견이 곧 중요한 지위의 상징이 되었고, 프랑스 상류 사회의 신사숙녀는 앞다투어 프랭클린을 만나고자 했다. 이에 프랭클린은 매우 흐뭇해했고, 혁명으로 영국에 대항하겠다는 그의 신념과 결심도 더욱 강해졌다.

현실 역사에서 프랭클린은 일생 동안 여러 차례의 변화를 거쳤다. 그의 전기를 쓴 역사학자 고든 우드는 그의 일생을 '전통적 신사', '영국제국주의자', '애국자', '외교관' 등의 단계로 구분하는데, 맨 마지막이 비로소 '미국인'이다. 하지만 보통은 이렇듯 복잡했던 프랭클린의 변천사를 알지 못한다. 우리가 아는 것은 이야기 속 프랭클린이다. 이야기 속에서 프랭클린은 시종일관 한결같은 캐릭터, 한결같은 입장이다.

우리는 이야기라는 모형을 통해 세상을 이해한다. 이

야기는 복잡한 데다 심지어 모순되기도 하는 사물을 쉽고 단순하게 만들어 준다. 이야기가 없으면 우리는 무수한 각종 정보를 다 흡수할 방법이 없다. 하지만 다른 한편에서 봤을 때, 이야기에만 의존하면 우리는 지나치게 단순화된 도상에 빠져 복잡하고 구체적인 현실에 관한 감각을 잃어버릴 수도 있다.

7

괴로움과 고통을 진실한 언어로 표현하려면 이야기의 힘을 빌려야 한다

제1차 세계대전에서 가장 중요한 전장은 이른바 '서부 전선'이었다. 서부 전선은 프랑스와 독일의 국경선을 따라 약 765킬로미터에 걸쳐 길게 이어져 있다. 양측은 그곳에 평균 참호 전장 1.6킬로미터당 총 1만 명의 병사를 배치했다. 그러니까 거의 500만 명에 달하는 젊은 병사가 그곳에 배치되었던 것이다.

양측 모두 깊고 넓은 참호를 파고 장기간 대치했다. 유일한 전술은 자기 참호에서 나와 상대측 참호로 진격해 돌파를 시도하는 것뿐이었다. 서부 전선의 한쪽 끝은 스위스였고 다른 한쪽 끝은 네덜란드였다. 모두 중립국이었기 때문에 서부 전선을 빙 돌아 상대의 측면이나 후방을 칠 수도 없었다. 이런 상황에서 상대의 참호를 돌파하라니, 어디 말처럼 쉬운 일이겠는가!

당시는 기관총이 처음으로 전장에 대량 투입되었지

만 장갑차는 아직 발명되지 않은 시대였다. 일단 참호의 보호에서 벗어나면 곧바로 기관총의 사정거리 안에 들었다. 기관총 한 자루는 1분에 총알 600발을 발사할 수 있었고, 돌격해 오는 병사 한 명을 죽이는 데에는 한 발이면 충분했다. 이런 상황에서 적의 참호를 무너뜨린다는 것은 하늘에 오르기보다 어려운 일이었다.

전쟁의 처참함이 절정에 치달았을 때는 오후 동안 영국군 병사 500명을 잃고도 전선에 한 치의 진전도 없었다. 3년 동안 대치하며 양측이 서부 전선에서 빼앗은 진지는 모두 합쳐 겨우 8킬로미터에 불과했다. 고작 8킬로미터의 진지 주인을 바꾸기 위해 무려 300만 청장년 남성의 목숨을 대가로 지불한 것이다.

300만은 무시무시한 숫자다. 하지만 너무 거대하고 터무니없기 때문에 이를 이해하고 짐작할 도리가 없었다. 에리히 마리아 레마르크가 『서부 전선 이상 없다』를 쓸 때까지는. 소설은 전장의 독일 병사가 중상을 입은 다른 영국 병사 한 명과 참호에서 함께 지내며 벌어지는 일을 그린다. 그제야 일반인은 이 전쟁에 관한 구체적인 이야기와 이미지를 가지게 되었고, 전쟁의 헛됨과 황폐함을 보게 되었다. 구체적인 이야기 한 편을 통해 300만이라는 추상적인 숫자 속에 담긴 인간적 의미를 회복할 수 있었다.

또 다른 전쟁에서 나치는 광기에 젖어 600만 유대인을 학살했다. 600만 명이 비좁은 수용소 가스실에서 스러져 갔다. 이는 더욱 상상하기 어려운 광경이다. 어떻게 600만 명이 당한 괴로움과 고통을 진실한 언어로 표현할 수 있을까?

이번에도 이야기의 힘을 빌려야 한다. 좋은 이야기, 선명한 이야기의 힘을. 로베르토 베니니의 영화『인생은 아름다워』처럼 말이다. 수용소에 갇힌 아버지는 어떻게든 어린 아들이 수용소의 암담한 공포를 느끼지 않게 하려고 갖은 애를 쓴다. 이 모든 것은 특별한 소풍 놀이라고 아이를 속이고, 아이가 즐거운 마음을 유지할 수 있도록 혼신의 노력을 다해 익살을 펼친다. 이것은 허구이며, 더욱이 수용소와는 반대되는 유희라는 양식을 취하고 있다. 하지만 슬프고 고통스러운 수많은 사실보다도, 죽은 600만 유대인의 구체적인 생명을 한층 분명하게 느끼게 해 준다. 이때 600만은 더 이상 그저 단순한 숫자가 아니다.

거대한 사건일수록 현실에서 괴리되는 '초현실'의 혼란이 생기기 쉽다. 우리는 그 속에 이입하지 못하고, 사건을 진실하게 받아들이지 못한다. 이때 우리를 도울 수 있는 것은 이야기뿐이다. 이야기가 거대한 사건 속에서 개개인의 세세한 사정을 드러내면, 한 생명의 극적인 이야기를 통해 거대한 것이 작아진다. 이때 우리는 그 거대함을 보고, 듣고, 심지어 품에 안을 수 있다. 그리하여 엄청난 사건과 숫자 앞에서 입을 벌린 채 어쩔 줄 모르는 것이 아니라 비로소 진정 울고 웃을 수 있게 된다.

*에리히 마리아 레마르크(Erich Maria Remarque, 1898-1970)

1930-1960년대에 전쟁을 묘사하는 작품으로 미국의 헤밍웨이와 쌍벽을 이루던 독일 작가다. 레마르크는 제1차 세계대전에서 죽을 고비를 수차례 넘긴 경험을 『서부 전선 이상 없다』에 담았고, 최전선에 배치된 병사의 실태를 묘사한 반자전적인 이 소설은 출간 후 큰 반향을 일으켰다. 이 명작은 전쟁에 관한 피맺힌 규탄의 서사시였기에 제2차 세계대전이 일어나기 전 금서가 되었으며 레마르크 역시 나치의 탄압을 받았다. 레마르크는 핍박을 피해 스위스로 거처를 옮겼고 나중에는 미국으로 망명했다. 이 밖에 『개선문』, 『네 이웃을 사랑하라』, 『사랑할 때와 죽을 때』 등의 작품을 남겼다.

*로베르토 베니니(Roberto Benigni, 1952-)

이탈리아 감독으로 극본, 감독, 주연을 홀로 도맡곤 한다. 1970년대 초기에는 여러 실험적인 무대극과 즉흥 희극을 공연하기도 했으나 단막극으로 인기를 얻었고, 나중에는 토크쇼 배우가 되었다. 1976년 영화계에 진출해 1986년 미국 감독 짐 자무쉬의 『다운 바이 로』에 출연하면서 점차 지명도를 넓혀 갔다.

*『인생은 아름다워』

독일인의 유대인 학살이라는 소재를 다룬 영화로, 해학 속에 흥건한 눈물이 흐른다. 미국에서 외국 영화 중 최고 흥행 기록을 세웠다.

88

(8)

이야기를 탐색할 때 우리는 진정으로 자신을 이해하게 된다

여러분이 미식가나 요리 고수인데 마침 집안에 새로 태어난 아이가 있다면 기억해 둘 일이 있다. 아이가 두세 살이 되었다고 아이를 데리고 여러 음식점을 다니지 말 것, 아이를 위해 굳이 심혈을 기울여 날마다 다른 요리를 준비할 필요도 없다는 것. 그래 봤자 거의 열이면 열, 번거롭기만 하고 좌절감만 더하기 때문이다. 어른이 시무룩하면 아이도 덩달아 시무룩해지기 마련이다.

두세 살 된 아이가 몇 가지 음식만 좋아한다는 사실을 알아차렸을 것이다. 아무리 훌륭한 음식이 눈앞에 차려져 있어도 아이는 대개 고개부터 흔들며 거부하는 반응을 보인다. 애써 아이에게 이것도 먹어 보렴, 저것도 먹어 보렴 하고 권해도 돌아오는 것은 흡족하고 감격한 얼굴이 아니라 억지로 삼키느라 고통스러운 얼굴이다.

이런 상황에서 아이를 탓하지는 말자. 아이가 유달리

미각이 떨어진다거나 사리 분별을 못 하는 게 아니다. 그저 모든 아이의 체내 유전자 속에 깊이 뿌리내린 반응임을 알아야 한다. 이는 인류가 생존하고 진화하는 과정에서 남은 기억이자 이야기다.

사람은 두세 살 때 일차적인 행동의 자유를 얻는다. 일어설 수 있고, 걸음이 안정되며, 조금 멀리까지 걸을 수 있는 체력도 생긴다. 그래서 이 시기에 아이는 바깥세상을 탐색하기 시작해, 조그만 손을 뻗어 이것도 만지고 저것도 만져 본다. 아이는 어른이 줄곧 옆에서 안아 주고 잡아 주기를 필요로 하지 않고, 어른 역시 언제까지나 아이를 따라다니며 돌볼 수는 없다.

동시에 두세 살 아이는 어른이 미처 다 살필 수 없는 틈을 타 취식의 자유를 갖게 된다. 옛날에는 아이가 언제든 걸어 나가서 보이는 것과 손에 잡히는 것을 입에 집어넣을 수 있었다. 폭넓은 입맛을 지닌 아이였다면 자연히 아주 많은 것을 입에 넣고 삼켰을 것이다. 이런 경우 유독 물질을 먹을 확률이 높아지고, 생존할 확률은 상대적으로 낮아지며, 아이 유전자가 세상에 남겨질 확률도 그만큼 낮아진다.

따라서 두세 살 적 입맛이 보수적인 아이가 생존할 확률이 비교적 높으며 진화론적으로도 명백히 우월성을 가지고 있다. 그렇게 오랜 시간이 지나 그 후손이 오늘날의 인류 대부분을 구성하게 되었다. 이제는 환경이 바뀌어 아이가 두세 살이 되어도 어른의 친밀한 보살핌을 받을 수 있으며, 옛날처럼 취식의 자유가 넉넉하지도 않다. 하지만 유전자는 쉽게 변하지 않는다. 그 결과 두세 살 된 아이는 다른 것은 모두 마다하고 맥도날드만, 그것도 맥도날드에서 맛보곤 했던 케첩만 좋아하게 된 것이다. 어떤 훌륭한 음식을 주어도 아이는 그 위에 케첩을 뿌려 주어야 먹으려고 할 것이다. 미식에 굳건한 신조를 가지고 있거나 정성 들여 좋은 요리를 만든 부모는 화가 나서 기절할 지경이 된다.

화내지 마시라. 화를 내도 소용없다. 아이는 그래도 케첩을 좋아할 테니. 케첩은 미각의 요소를 두루 갖추고 있다. 신맛, 단맛, 짠맛, 여기에 약간의 쓴맛까지. 입속에 들어가면 미각 계통의 앞에서 뒤까지 모든 부위를 자극한다. 그렇기 때문에 가장 효율적으로 다양한 음식을 전부 어릴 때 먹던 익숙한 맛으로 바꾸어 놓으며, 아이가 충분한 안전감 속에서 음식을 뱃속으로 삼킬 수 있게 해 준다. 케첩은 미뢰를 속이는 좋은 도구이다.

우리 한 사람 한 사람은 모두 걸어 다니는 이야기 저장소다. 각각의 행위 뒤에는 으레 장원한 발전의 이치가 있다. 그 길고 긴 변천사가 오늘날 우리 현실을 만들어 낸 것이다. 이야기를 탐색하는 눈을 가동할 때, 우리는 비로소 진정으로 자신을 이해하는 기회를 갖게 된다. 좀 더 넓게 보자면 주위의 사물 하나하나, 케첩처럼 눈길을 끌지 않는 작은 미물조차 저마다 길고 긴 이야기를 간직하고 있다. 이러한 이야기는 종종 어떤 사물의 기원에 그치지 않고 사람과 관련된 세밀한 이치도 담고 있다. 이야기 속으로 들어가고 이야기를 복원하다 보면, 우연히 생겨난 것은 거의 없다는 사실을 발견하게 된다. 이야기는 세상을 낯설지 않게, 기이하지 않게 만들어 준다.

이야기는 거대하고 추상적인 사물을 사람과 이어 주는 작은 출렁다리와 같다

내게 화렌의 타이루거 협곡은 아무리 가도 싫증 나지 않는 장소다. 특수한 역사 배경에서 개착된 동서횡단로는 뜻밖에도 우리 앞에 리우강 협곡의 모습을 드러나게 했다. 원래 나 같은 약골은 그렇게 가까운 거리에서 수만 년, 수십만 년의 수류로 깎인 협곡을 볼 기회가 평생 없었을 텐데, 기회와 인연이 겹쳐 흔히 얻을 수 없는 신비로운 느낌에 휩싸일 수 있었다.

고등학교 때 두 차례에 걸쳐 구국단 활동에 참여한 적이 있다. 열흘 남짓한 시간이었다. 이때 비로소 내 다리로 한 발 한 발, 동서횡단로의 동쪽 끝까지 걸어 보았다. 예전에 차를 타고 이 길을 지나면서 늘 꿈꾸었던 일을 이룬 것이다. 귓가에 끊이지 않는 리우강의 물소리, 눈앞에 천천히 펼쳐졌다가 또 천천히 뒤편으로 멀어지는 우뚝 선 절벽과 굽이진 바위 산맥.

도로는 협곡을 끼고 왼쪽으로 꺾였다가 오른쪽으로 꺾였다가, 높이 솟았다가 낮게 떨어졌다가 하며 굽이굽이 이어진다. 그렇기 때문에 같은 협곡인데도 끊임없이 새로운 면모가 드러난다. 천천히 걷다가 문득 뒤를 돌아보면, 방금 지나온 길을 다른 방향에서 바라보게 된다. 그러면 예상과 다른 광경에 경이감이 일어난다.

몇 년이 지나자 동서횡단로에 새로운 변화가 생겼다. 몇 차례의 태풍에 동서횡단로의 서쪽 구간이 완전히 잘려 나간 것이다. 이제 '횡단로'라는 이름은 무실한 것이 되고 말았으며, 화롄과 타이중을 오가던 차량도 더 이상 다닐 수 없었다. 교통상의 의미를 잃고 나자 상대적으로 관상 가치는 더 높아졌다. 창춘츠, 옌쯔커우, 주취등 같은 중요한 구간마다 사람이 천천히 걸으며 유람할 수 있는 길이 개발되어 누구나 타이루거 협곡을 가까이서 볼 수 있게 되었다.

몇 년이 지나는 동안 나 자신에게도 변화가 생겼다. 다양한 곳을 걸어 다녀 보았고, 웅장하고 아름답기로 유명한 세계 곳곳의 경관을 많이 보았다. 하지만 아무리 웅장하고 아름다운 경관을 보아도 타이루거 협곡이 내 마음속에서 차지하는 독보적인 지위는 조금도 변함이 없었다. 그저 멋진 광경을 굽어보거나 올려다볼 때마다 한 가지 질문을 곱

씹을 뿐이었다. "왜 그럴까? 어린 시절의 기억과 정서 말고도 다른 곳의 아름다운 경치에는 없는 특별한 점이 타이루거의 풍경에 있는 걸까?"

질문을 거듭할 때마다 그 대답이 최소한의 윤곽을 조금씩 드러내기 시작했다. 타이루거에서 나는 시간을 똑똑히 보았다. 개인의 생명을 뛰어넘는, 심지어 문명의 척도를 훌쩍 넘어서는 광대한 시간을. 협곡 맨 아래쪽, 막 개울물에 쪼개진 석벽은 새하얗게 빛난다. 마치 태양 빛 아래에서 돌과 물줄기가 떠들썩하게 뛰어노는 것만 같다. 조금 더 위를 보면, 얼마간의 시간이 지나 있다. 석벽에는 옅은 회색빛이 돌고, 우리가 일반적으로 생각하는 산색에 더 가까워진다. 조금 더 위를 보자. 또 여러 켜의 시간이 포개진다. 아주 조그만 초록 식물이 돋아난다. 자잘한 초록색은 우거진 양치식물 형태가 되었다가, 바위를 뒤덮다가, 절벽 꼭대기에 이르러서는 작은 나무가 된다.

여러 단계로 변화하는 형체와 색채에는 정연한 시간이 드러나 있다. 본래 우리에게는 추상적이고 막막하여 손에 잡히지 않았던 시간이 석벽 위에 또렷하게 아로새겨져 있다. 수만 년의 시간과 시간의 질서를 마주할 수 있다는 것이 타이루거의 가장 큰 매력이자 내가 매번 타이루거로 돌아가 사색에 잠길 수밖에 없는 감동의 원천이다.

타이루거 협곡 같은 이야기들이 있다. 너무 추상적이거나 거대해서 감각 기관의 능력을 넘어서는 사물을 선명하게 보여 주는 이야기다. 바꾸어 말하면 좋은 이야기는 우리 눈에 보이지 않는 것을 비추어 보여 준다고 말할 수도 있겠다. 보이지 않던 것이 환하게 드러나는 순간, 너무 추상적이었거나 거대했던 것이 실은 아름답고 매혹적이라는 사실을 알게 된다. 우리가 자꾸자꾸 이야기로 돌아가는 것은 원래 우리에게 속하지 않지만 잠시 구체성을 띠고 나타난 초월적 사물을 느끼기 위해서다. 이야기는 사람의 영역에 속하지 않는 거대하고 추상적인 사물을 사람과 이어 주는 작은 출렁다리와 같다.

(10)
이야기는 우리의 잃어버린 마음을 찾아 준다

어느 날, 이방인 한 무리가 산 넘고 물 건너 긴 여정 끝에 얼음과 눈으로 뒤덮인 북쪽에 도착했다. 남쪽에 살던 그 무리가 왜 집을 떠나 먼 길에 올랐는지 아는 사람은 아무도 없었다. 이방인은 무척 얇은 옷을 입고, 보온이 되지 않는 신발을 신고 있었다. 몇몇은 도중에 얼어 죽기도 했다.

얼음 나라에 도착한 무리는 얼음 나라 가족의 따뜻하고 정성어린 대접을 받았다. 횃불로 밝힌 이글루로 안내되어 음식을 즐겼고, 얼음과 눈으로 뒤덮인 나라에서 생존하는 방법도 배워 나갔다. 하지만 이방인 무리는 남쪽의 고향을 잊지 못했다. 산뜻하고 따뜻했던 그곳을 끊임없이 회상하며 푸른 식물로 뒤덮인 풍경과 아름다운 빛깔을 가진 동물의 털가죽을 묘사했다. 고향의 모든 동식물은 먹을 수 있는 것이었다. 고향에는 숲과 높은 산과 호수가 있었다. 아름다운 꽃이 피어 있고 흙에서는 축축한 향기가 풍겼다.

얼음 나라 사람은 이방인이 묘사하는 것이 참 신기했다. 그런 세상이 존재하리라고는 지금껏 상상해 본 적도 없었다. 어떤 이들은 점차 그러한 묘사에 매료되기 시작했고, 그럴수록 점점 더 자신이 사는 곳의 추운 환경을 견딜 수 없게 되었다. 그들은 남쪽으로 가야 한다고 주장했다. 이렇게 남쪽 이주를 주장하는 이는 스스로를 '열혈 분자'라 칭하고, 이주를 원하지 않는 사람을 '냉혈 동물'이라고 불렀다. 양측의 다툼은 점점 더 심해져 결국 내전을 초래했다.

열혈 분자가 이겼다. 냉혈 동물을 북극으로 몰아냈다. 냉혈 동물은 떠나면서 겨울도 가져갔다. 냉혈 동물은 가장 추운 곳으로 깊이깊이 들어갔다. 아무도 이들을 다시 찾을 수 없었다.

"이렇게 얼음과 눈의 시대는 끝나 버렸고, 이를 기억하는 사람은 이제 아무도 없어. (……) 한때 이곳이 두꺼운 얼음 층으로 뒤덮였다는 사실을 아무도 기억하지 못하지. 하지만 모든 이의 마음속에는 작은 소리가 울리고 있어. 이 소리는 추웠던 날과 하얀 눈, 눈밭의 찬란한 빛에 관한 기억을 불러일으킨단다. 우리는 저마다 마음속에 만년설원을 간직하고 있어. 누구나 마음속으로 순백과 고요를 갈망한다는 사실을 발견하지. 이런 갈망을 분명하게 설명할 수 있는 사람은 없지만, 모두 그 존재를 알고 있어. 해마다 겨울이 오는 것은 이렇게 생명 속에 희미하게 남은 기억을 깨우고, 우리에게 행복을 주기 위해서야. 우리에게는 겨울이 필요해."

이것은 독일 작가 율리 체가 쓴 『인간의 땅』에 나오는 이야기다. 이 책은 볼프강 노케의 아름다운 삽화와 함께 엮여 어린이가 읽기 좋은 그림책이 되었다. 이야기에도 동화 같은 느낌이 물씬 배어 있다. 하지만 원래 이 이야기는 율리 체가 애인에게 써 준 것이다. 바꾸어 말하면 이 책은 본래 연애편지다.

이야기 중 모든 사람의 마음 깊은 곳에 있는 순백과 고요를 향한 갈망을 설명하는 부분을 곱씹다 보면, 이것이 사랑을 이야기한다는 사실을 이해하게 된다. 흥미로운 점은 이 연애편지가 이야기의 형식을 빌려 에둘러서 마음을 표현하고 있다는 사실이다. 이야기로 말하는 화법은 우리를 가뿐히 어린 시절의 정경 속으로 되돌려 놓고, 나아가 어린 시절의 순수하고 천진했던 마음을 불러내기 때문이다. 사랑은 가장 아름다운 경지이자 두 사람이 어른의 이런저런 계산과 고민을 벗어나 서로 천진무구함을 나누는 일이다.

이야기는 우리를 세속을 벗어난 곳으로 데려다 놓고,

소박하고 천진한 마음에 다가서게 해 준다. 소박하고 천진한 마음은 우리가 계산을 걷어 내고 사랑에 가까이 가게 해 준다. 그러니 진실하고 천진난만한 사랑을 동경한다면 이야기를 해 보시라. 이야기로 잃어버린 마음을 찾고 순백의 고요한 세계로 속으로 빠져들기를.

＊율리 체(Juli Zeh, 1974 -)
1974년 독일 본에서 태어났다. 독일 문단에서 가장 주목받는 작가로, 그녀의 작품은 30개 언어로 번역되었으며 권위 있는 문학상을 여러 개 수상했다. 여기서 소개한 『인간의 땅』(Das Land der Menschen)은 그녀가 처음으로 어린 독자를 위해 쓴 이야기로, 시적인 언어에 볼프강 노케의 다채로운 삽화가 더해져 어린이 독자에게 큰 사랑을 받았다.

(11)
이야기는 강한 투과력으로 공간의 한계를 뛰어넘는다

　옛날 아주 먼 옛날, 중국 남쪽 사람이 모두 동굴에 살고 있을 때였다. 그곳에 오씨 성을 가진 남자가 있었다. 그는 아내 두 명을 맞이했는데, 그중 한 사람은 엽한이라는 딸을 남기고 먼저 죽었다. 나중에 오씨마저 죽고 나자, 엽한의 험난한 나날이 시작되었다.

　계모는 자기 딸만 예뻐하고 엽한을 학대했다. 엽한에게 늘 위험한 산에 가서 나무를 베어 오라거나, 깊고 깊은 개울가에 가서 물을 떠 오라고 시켰다. 어느 날 엽한이 개울에서 붉은빛 지느러미와 황금빛 눈을 가진 작은 물고기 한 마리를 잡았다. 엽한은 물고기를 몰래 대야에 넣고 키웠고, 물고기가 점점 커지자 동굴 뒤의 연못으로 옮겨 주었다. 물고기는 평상시에는 늘 물속 깊이 숨어 있다가 엽한이 오면 그제야 위로 떠올랐다. 그러던 중 계모가 물고기를 발견하고 잡으려 했지만 갖은 애를 써도 잡을 수가 없었다.

계모는 한 가지 방법을 생각해 냈다. 얼마 뒤 어쩐 일인지 계모가 엽한에게 새 옷을 지어 입혔다. 그런 뒤 계모는 엽한이 없는 틈을 타 엽한의 낡은 옷을 입고 못가로 갔다. 엽한이 온 줄 알고 물고기가 물 위에 나타나자 계모는 날카로운 칼을 꺼내 단칼에 물고기를 찔러 버렸다. 물고기는 매우 큼직해 살이 두툼하고 맛도 일품이었다. 계모는 자기 친딸과 배불리 한 끼를 먹고, 남은 뼈는 거름 더미 속에 묻었다.

엽한은 물고기가 보이지 않자 슬픈 나머지 들판에서 목 놓아 울었다. 그때 무명옷을 입은 사람이 홀연히 나타나 그녀에게 말했다. "물고기는 네 계모 손에 죽었다. 물고기 뼈가 거름 더미 속에 묻혀 있으니, 어서 가서 물고기 뼈를 찾아 방에 숨겨 두어라. 앞으로 필요한 것이 있으면 물고기 뼈에게 부탁하거라. 네가 원하는 것을 줄 게다." 엽한은 그의 말대로 했다. 그러자 옷이든 음식이든 금은보화든 원하는 것은 무엇이든 가질 수 있었다.

동굴인의 축제날이 되었다. 계모는 친딸만 데리고 축제에 나가고 엽한은 가지 못하게 했다. 엽한은 계모가 떠나기를 기다렸다가 비취가 달린 옷으로 갈아입고, 황금색 신발을 신고 동굴 축제에 나갔다. 하지만 결국 눈치 빠른 동생에게 걸리고 말았다. 엽한은 재빨리 빠져나오다가 한쪽 신발을 잃어버렸다. 누군가 엽한의 신발을 주워 이웃나라인 타간국陀汗國에 팔았다. 왕이 황금 신발을 보고 진기하게 여겨 신발의 주인을 찾으라고 명했다. 타간국 어디에도 황금 신발에 맞는 발을 지닌 여인은 없었다. 왕은 단념하지 않고 신발 주인을 찾도록 곳곳에 사람을 보냈다. 그리고 마침내 엽한의 집에서 나머지 한 짝을 찾아냈다. 엽한은 다시 황금 신발과 비취가 달린 옷으로 단장하고, 선녀처럼 아름다운 모습으로 타간국 왕을 알현하러 갔다. 왕이 자초지종을 묻자, 엽한은 계모와 물고기의 일을 남김없이 털어놓았다. 왕은 엽한을 왕비로 맞았다.

어라, 어째 뒤로 갈수록 어디서 많이 본 듯한 이야기다. '신데렐라' 이야기와 매우 비슷하다. 그러면서도 완전히 같지는 않다. 엽한의 이야기는 단성식의 『유양잡조』酉陽雜俎에 나오는데, 단성식은 별도의 주석을 달아 이런 말을 했다. 이 이야기는 이사원이라는 늙은 하인에게서 들었으며, 이사원은 광시 일대의 '동굴인' 출신이라고.

동굴인 하인이 들려준 이야기가 어떻게 '신데렐라'와 이토록 닮을 수 있는 걸까? 누가 누구에게 영향을 준 것이며, 어디서 어디로 전파된 것일까? 솔직히 알 수가 없다. 아마 영원히 알 수 없을 것이다. 하지만 우리가 알 수 있는 일이 한 가지 있다. 문명과 문명이 서로 단절되고 교통이 지극히 불편했던 시대에 이야기는 강한 투과력으로 공간의 한계를 뛰어넘어 사람들을 하나로 이어 놓았다. 이사원과 단성식은 '외부인' 또는 '외국'의 존재를 전혀 인식하지 못했지만 이야기는 이미 그들과 신데렐라의 원형 이야기를 듣고 있던 유럽인을 연결해 놓았다. 문명과 국가의 장벽은 이야기를 막지 못했다.

엽한의 이야기에서 엽한을 학대하던 계모와 여동생은 왕의 명령으로 돌에 맞아 죽는다. 이를 가엾게 여긴 동굴인이 계모와 동생을 묻어 주고 그들의 돌무덤을 '오녀가' 懊女家(뉘우치는 여인의 집)라고 불렀는데, 훗날 이곳은 매우 영험한 사원이 되었다. 이 부분은 유럽의 신데렐라 이야기에는 없다. 하지만 고아가 되어 학대받던 여자아이와 떨어뜨린 신발 한 짝은 그대로 남아 이야기의 특별한 관성과 통합 능력을 보여 준다.

＊엽한 이야기

당나라 시대 필기소설 『유양잡조』에 등장하는 이야기로 신데렐라의 기원 중 하나로 여겨진다. 『유양잡조』는 서기 9세기에 나온 책이므로, 엽한의 이야기가 샤를 페로가 1697년에 쓴 『신데렐라』 및 그림 형제가 1812년에 출판한 『그림 동화』 속의 「신데렐라」보다 천 년쯤 먼저 쓰인 셈이다.

＊단성식(段成式, 803?-863)

자는 가고(柯古). 당나라 사람이다. 단성식은 벼슬아치 아버지를 둔 연고로 과거 시험을 거치지 않고 벼슬을 지냈다. 『구당서』(舊唐書)에 기록된 바에 따르면 단성식은 천성이 소탈하고 자유로웠으며, 벼슬보다 책 읽기를 더 좋아했다고 한다. 그는 많은 책을 두루 읽었으며, 불학을 깊이 연구했다.

『유양잡조』는 단성식이 엮은 이야기책으로, 당시의 기문(奇文)과 일화가 많이 기록되어 있다.

이야기는 인간이 변화에 대한 호기심과 충동을 간직하게 한다

술을 마시기 전에 아몬드 다섯 알을 먹으면 잘 취하지 않는다. 쪽파는 장 건강에 좋지만 많이 먹으면 악몽을 꿀 수도 있다. 이탈리아 베이컨을 가끔씩 먹어 주면 이불에 실례하는 일을 줄일 수 있다. 수컷 동물의 고환을 먹으려거든 늙은 놈 대신 젊은 놈의 것을 먹어야 한다. 하지만 수탉은 예외다. 어린 닭이든 늙은 닭이든 수탉의 고환은 모두 먹어도 된다. 여기에 로마식 소스에 요리한 쇠족을 곁들이면 더욱 좋다.

세계 최초로 베스트셀러가 된 요리책 『신성한 즐거움과 건강에 대하여』De Honesta Voluptate et Valetudine에 나오는 건강 비법이다. 1475년에 출간된 이 책의 저자는 랑고바르드인 사람 바르톨로메오 플라티나이다. 하지만 책에서 가르쳐 주는 훌륭한 요리 레시피는 사실 플라티나가 또 다른 랑고바르드의 요리사 마르티노 다 코모에게서 배운 것이다.

마르티노의 요리에서 가장 주요한 식재료는 면이다. 긴 것과 짧은 것, 굵은 것과 가는 것, 속이 빈 것과 겉에 자국을 낸 것, 만두처럼 소를 채워 넣은 면까지 각양각색의 면이 사용되었다. 500여 년 전의 요리법에서 가장 인상 깊은 점은 플라티나의 각종 괴상한 건강 관리법이 아니라 마르티노가 면을 삶는 방법이 오늘날 두루 쓰이는 이탈리아 요리법과 매우 비슷하다는 사실이다.

수백 년이 지나는 동안에도 파스타는 크게 변하지 않은 모양이다. 파스타가 너무 전통적이고 진부해서였을까, 1930년대에 열성적으로 '미래주의'를 제창했던 이탈리아의 예술가 필리포 마리네티는 자신이 상상하는 '미래'에는 파스타가 사라져야 한다고 규탄했다. 마리네티는 자신 있게 말했다. "현대 문명의 모든 것이 속도를 높이고 무게를 덜어 내는 방향으로 발전하고 있으니, 미래의 조리법 또한 진화의 목적에 부합해야 한다." 이 '진화의 목적'에 도달하기 위한 첫걸음이 바로 '파스타 배격'이었다.

나폴리 시장이 "파스타 한 다발에 케첩을 뿌렸더니 그야말로 천사의 음식이었다"라고 말하자, 마리네티는 즉각 이렇게 응수했다. "정말 그렇다면, 그건 천당이 얼마나 무료한지 증명한 데 지나지 않는다." 마리네티는 파스타가 입에서 씹을 필요가 없기 때문에(입에 넣는 순간 뱃속에 들어가 있다!) 이탈리아인의 침 분비를 부족하게 만들고 심각한 간 질환을 발생시키며, 나아가 이탈리아 사람을 "나태하고 비관적이고, 회고에 젖어 진취성이 결핍되고, 만사만물에 뚜렷한 의견을 갖지 못하게" 만든다고 주장했다. 파스타가 이탈리아인의 허리둘레를 하나같이 비대하게 만드는 원흉이라는 것이다.

마리네티는 '면이 없는 이탈리아의 미래'를 강력하게 주장했고, 심지어는 면 요리가 없는『미래주의 요리책』을 쓰기도 했다. 이러한 특단의 행동에 로마 근처 작은 마을의 주부들은 걱정에 휩싸였고, "파스타도 미래에 들어갈 수 있게 해 달라"는 서명운동을 벌이기도 했다.

여러 해가 흘러 마리네티가 상상하던 '미래'는 이미 '현재'가 되었다. 하지만 파스타는 여전히 건재하다. 그것도 마르티노부터 수백 년째 전해 내려오는 모습 그대로. 마리네티가 상상했던, 파스타가 사라진 전혀 다른 미래는 실현되지 않았다. 현실은 마리네티가 기대한 것처럼 그렇게 쉽게 변하지 않았고 그래도 무방했다. 실현되지 못한『미래주의 요리책』의 미래 이야기는 오늘날 우리가 읽어도 이렇듯 다채롭고 재미있다.

　　전통의 힘은 강하다. 그것은 바꿀 수 없는 아주 많은 것을 움켜쥐고 있다. 다행히 전통의 맞은편에는 이야기가 존재한다. 이야기는 실현되지 못한 수많은 변화를 내보이며, 인간이 변화에 대한 호기심과 충동을 간직하게 한다.

(**13**)

이야기만으로 우리는 한 차례 모험을 다녀올 수 있다

플로리다주 디즈니월드에 있는 롤러코스터는 최고 지점이 '겨우' 50미터, 그러니까 15층 건물 높이다. 롤러코스터가 15층 건물 높이에서 엄청난 속도로 내려온다니, 말만 들어도 털이 쭈뼛 서는 느낌이거늘 어째서 '겨우'라고 말하는 걸까?

이 롤러코스터가 설계되고 지어진 2004년에 이미 다른 곳에 더 높고 더 짜릿한 버전이 있었기 때문이다. 오하이오주의 놀이공원에 있는 롤러코스터의 최고 지점이 얼마나 되는지 아는가? 128미터다! 이 높이에서는 급강하하는 데 4초밖에 걸리지 않으며, 평균 속도는 시속 200킬로미터에 달한다. 이 정도 가속 효과는 어떤 최고급 스포츠카도 넘볼 수 없는 수준이다. 세 차례에 걸쳐 곤두박질치는 굽이진 전체 코스를 한 번 도는 데 25초밖에 걸리지 않는다!

다른 곳에서 이미 높이 100미터가 넘는 코스를 만들었는데, 디즈니는 소심하게 절반도 안 되는 코스를 설계하다니 어찌된 일인가? 더욱 이상한 점은 따로 있다. 롤러코스터의 높이는 디즈니월드 쪽이 오하이오주 놀이공원의 절반도 안 되는데 건설 비용은 디즈니월드가 무려 1억 달러, 곧 오하이오주의 몇 배를 썼다.

디즈니에서 자본이 넉넉하다고 돈을 펑펑 쓴 걸까? 디즈니의 직원이 기회를 틈타 부당한 이익을 챙기기라도 한 걸까? 모두 아니다. 1억 달러 가운데 상당액은 롤러코스터의 기구 설비가 아니라 열차의 여정에 관련된 이야기를 배치하는 데 쓰였다.

이 롤러코스터의 이름은 '에베레스트 원정'이다. 상상 속 신비의 나라 아난타푸르의 변방에 작은 티베트 마을이 있는데, 서양 기업가가 이 마을에 고산지대에서 자라는 차를 심고, 찻잎을 운송할 철도를 건설했다. 기업가는 여기서 멈추지 않고 이익을 늘리기 위해 아난타푸르의 국경 안쪽으로 조금씩 철도를 확장해 나간다. 철도는 세계에서 가장 높은 산, 에베레스트 산악 지대까지 뻗어 간다. 그런데 구름과 안개가 피어오르는 깊은 산속에서 이미 오래전에 멸종되었다고 여겼던 거대한 설인이 나타난다. 설인은 자기

영토를 침범한 철도에 분노하여 초능력을 사용해 철길을 끊어 버린다…….

탑승객이 열차에 오르면, 열차는 마치 에베레스트 산악 지대를 오르듯 천천히 위로 올라간다. 캄캄하고 어쩐지 으스스한 구역으로 들어서면, 갑자기 눈앞에 화가 머리끝까지 난 설인이 나타난다. 열차는 황급히 빠른 속도로 후퇴해 다른 길로 접어든다. 잠시 위기를 벗어나는 듯하지만 그 순간 철길이 갑자기 사라진다. 분노한 설인의 고함 소리와 함께 열차는 그대로 산골짜기로 떨어지듯 급속하게 하강한다. 중간중간 연속으로 격하게 출렁이기도 한다.

인간은 반드시 대자연을 존중해야 하며, 기고만장해서 자연을 침범하면 결국 재난은 인간에게 돌아온다는 것이 이야기의 주제다. 오르락내리락하는 공포의 롤러코스터 여정은 일종의 '재난 체험'이 된다. 디즈니의 롤러코스터를 탄 승객은 단순히 놀이기구를 타는 것이 아니라 이야기 속으로 들어가고, 이야기를 체험하게 된다. "아주 높고 아주 빠르고 아주 짜릿하더라"라는 말로 끝나는 것이 아니라, 열차 위에서 느낀 것을 이야기로 전달할 수 있다.

50미터짜리 '에베레스트 원정'과 128미터짜리 '롤러코스터' 중에 어느 쪽이 더 인기가 많을까? 어느 것이 시장에서 더 경쟁력이 있을까? 여러분이라면 어느 열차에 타고 싶겠는가? 25초 동안 순전히 중력의 가속도를 느끼고 싶겠는가, 아니면 이야기만으로 한 차례 모험을 다녀올 수 있는 '에베레스트 원정'에 타고 싶겠는가? 굳이 통계를 제시하지 않아도 답은 분명하다.

3

이야기하는 법

(1)

옛이야기를 각색하면 이야기를 새로 창작하는 것보다 더 쉽게 여러 사람의 공감을 얻을 수 있다

"옛날 아주 먼 옛날에…… '임금님이 살았어요!' 어린이 독자들은 냉큼 이렇게 말하겠죠. 땡! 아니에요. 옛날 아주 먼 옛날에 나무토막이 하나 있었어요. 귀하고 값진 목재가 아니라, 우리가 겨울에 땔감 더미에서 꺼내 난로에 집어넣는 그런 나무토막이……"

땔감과 다른 점이 한 가지 있다면 이 나무토막에는 이름이 있었다. 이름은 피노키오였다. '피노키오'는 19세기 토스카나 지역의 이탈리아어로, 솔방울이라는 뜻이다. 이 나무토막은 앤서니라는 목수의 손에 들어왔다. 목수가 도끼자루로 나무토막을 두들겼더니 별안간 나무토막이 소리를 질렀다. "아프단 말이에요!" 놀란 앤서니는 나무토막을 친구인 제페토에게 선물했다. 나무토막은 일부러 앤서니의 말투를 흉내 내 제페토를 놀리고 몰래 앤서니를 때려서 친구끼리 서로 미워하고 다투게 만들었다.

제페토는 나무토막을 깎아 나무 인형으로 만들었다. 입을 새겨 넣자 피노키오는 곧 혀를 내밀고 익살맞은 표정을 지었다. 팔을 만들자 피노키오는 손을 뻗어 제페토 머리 위의 가발을 잡아당겼다. 발을 만들자 피노키오는 총총히 달아나 버렸다.

귀뚜라미 한 마리가 피노키오에게 만약 학교를 빼먹고 날마다 먹고 놀고 빈둥거리기만 하면 결국에는 거지가 되거나 감옥에 갇히게 될 거라고 경고했다. 피노키오는 땔감 하나를 집어 들더니 귀뚜라미에게 던졌다. 날아온 땔감에 맞은 귀뚜라미는 죽고 말았다.

이는 나무 인형 피노키오 이야기의 1883년 원형이다. 피노키오는 이기적이고 버릇없고 짓궂은 아이로, 거짓말을 일삼고 그 밖에도 수많은 나쁜 짓을 저지른다.

이러한 피노키오는 우리가 일반적으로 상상하는 '꼬마 나무 인형'이 아니다. 우리가 떠올리는 피노키오는 이탈리아 원작이 아닌 20세기 디즈니 만화 영화 『피노키오의 모험』 속 캐릭터다. 우리가 생각하는 피노키오, 우리가 본 피노키오는 순진무구한 어린아이다. 실수로 작은 거짓말을 했는데 그 뒤로 거짓말만 하면 코가 길어졌다. 게다가 피노키오는 가엾은 아이였다. 사람의 감정과 느낌을 가지고 있으면서도 나무 인형이라는 이유로 사람대우를 받지 못했다. 그는 못된 고양이와 여우의 꾐에 빠져 꼭두각시 인형극을 보러 갔다가 붙잡혀 극단의 인형이 되기도 했고, 하마터면 난로 속에 던져져 불타 죽을 뻔하기도 했다.

이탈리아 원작에서는 피노키오가 호기심에 인형극을 보러 가는 것으로 나온다. 표를 사려고 가난한 목수 제페토가 힘들게 돈을 마련해서 사 준 교과서를 아무렇지도 않게 팔아 버린다. 굳이 설명할 필요도 없겠지만, 학교는 당연히 빼먹었다.

디즈니가 각색한 이야기는 무고한 영혼이 온갖 고난과 시련을 거친 끝에 온전한 사람이 되는 과정을 그린다. 하지만 원작의 이야기는 생명을 얻어 동물과 다름없는 존재가 되었으나 자신의 욕망과 충동을 해소하는 데에만 골몰했던 한 나무토막이 어떻게 여러 가지 일을 겪으면서 점차 사람처럼 살아가는 법을 배우는지를 그린다. 피노키오는 다른 나무 인형을 위해 기꺼이 희생할 줄도 알게 되고, 장시간 노동을 견뎌 힘들게 번 돈으로 병든 제페토를 보살피기도 한다. 피노키오가 사람처럼 살아가기 시작하자, 요정이 마법으로 그를 온전한 사람이 되게 해 준다.

'사람이 어떻게 청소년기의 공격성과 야만성에서 문

명의 신사로 거듭나는가'는 19세기 말 유럽에서 수많은 이가 관심을 기울이던 중대한 과제였다. 그렇기 때문에 피노키오 이야기가 널리 유행할 수 있었다. 이와 달리 20세기에 디즈니 만화 영화가 몰두했던 문제는 '어떻게 아이의 천진함을 간직할 수 있을 것인가, 어떻게 천진함으로 모두의 감정을 움직일 것인가'였다. 그래서 디즈니는 피노키오 이야기를 가져왔지만, 비행 청소년처럼 그려지던 본래 캐릭터와 달리 피노키오의 나이를 크게 낮추어 백지와 같은 학령기 전 아동으로 바꾸었다.

이야기는 변형되기도 한다. 옛이야기를 각색하면 이야기의 골격을 새로 창작하는 것보다 더 쉽게 여러 사람의 공감을 얻기 때문이다. 널리 알려진 옛이야기일수록 종종 서로 다른 의미를 가진, 심지어는 상반되는 의미를 가진 버전이 여럿 존재한다. 옛이야기는 '하나의 이야기'에 머물지 않는다. 옛이야기는 생명을 얻어 다원적이고 복잡한 '이야기 수풀'로 자라난다. 나무토막이 사람으로 성장했듯, 좋은 이야기, 사람을 끌어당기는 이야기 또한 부단히 성장하여 풍부하고 활기찬 생명을 갖게 된다.

(2)
좋은 이야기는 자신을 부정하는 요소마저 내포한다

자, 한번 생각해 보자. 정말 산타클로스 할아버지가 있다면, 그러니까 만약 산타 할아버지가 정말 이야기에서 말하는 것처럼 고요한 크리스마스이브에 눈썰매를 타고 희망에 가득 찬 아이가 놓아둔 양말마다 선물을 넣어 준다면, 어떤 일이 벌어질까? 또는 어떤 일이 벌어져야 할까?

계산기를 두드려 보자. 전 세계 여덟 살 이하 아동 인구는 대략 20억 안팎이다. 그중 산타 할아버지의 존재를 믿는 아이가 10분의 1이라고 가정하면 2억 명이 된다. 여기서 다시 잔뜩 신이 나서 양말을 준비해 놓고 산타 할아버지를 기다리는 아이가 한 집에 2.5명이 있다고 가정하면, 이는 곧 8천만 가정에 선물을 배달해야 한다는 뜻이다. 즉 산타 할아버지의 썰매는 하룻밤 사이 8천만 번 멈추어야 한다. 지표의 총 면적을 이들 가구 수로 나누면, 집과 집 사이의 거리는 평균 260미터가 된다. 그렇다면 그날 밤 산타 할아버지의 썰매가 임무를 완수하기 위해 달려야 하는 노정은 2,080만 킬로미터가 된다. 2,080만 킬로미터를 하룻밤에 완주해야 한다!

다행히 산타에게 주어진 시간이 열두 시간 밖에 없는 것은 아니다. 각지의 시차가 산타 할아버지에게 얼마간의 시간을 벌어 주기 때문이다. 그가 12월 24일 밤 국제 날짜 변경선에서 서쪽 방향으로 출발한다면, 배송 시간을 최대 48시간까지 확보할 수 있다. 48시간은 17만 2,800초니까, 산타 할아버지가 각각의 집에 쓸 수 있는 시간은 1,000분의 2초라는 답이 나온다! 이번엔 속도를 구해 보자. 48시간 동안 2,080만 킬로미터를 날아다니려면 눈썰매는 초당 120킬로미터 안팎의 속도를 내야 한다. 그러니까…… 음속의 600배 정도면 된다!

이 계산에 산타 할아버지가 굴뚝으로 들어갔다가 나오는 시간, 깜깜하고 낯선 거실 한가운데서 크리스마스트리를 찾고, 트리 아래 놓인 긴 양말을 찾는 데 필요한 시간은 아직 포함되지 않았다. 산타 할아버지가 보따리에서 꺼낸 선물을 긴 양말에 집어넣는 시간도 마찬가지다. 그러고 보니 선물 하나당 100그램의 무게가 나간다고 가정하면, 산타 할아버지가 재고 보충을 하러 집에 다녀올 시간도 없을 테니, 그가 출발할 때 눈썰매의 적재량은 2,000만 킬로 그램은 될 것이다!

아무리 따져 보아도 답은 매우 간단하다. 산타클로스 같은 것은 과학적으로 전혀 타당성이 없다. 하지만 첫째, 과학적으로 불가능하다는 사실은 앞으로도 수많은 아이가 산타 할아버지의 존재를 믿는 데 아무런 영향을 주지 못하며, 앞으로도 어른이 매년 12월 말이면 산타 할아버지와 관련된 각종 물건을 꺼내야 한다는 것 역시 변하지 않는다. 과학적으로 설명할 필요도 없이 거리마다 등장하는 산타 할아버지는 모두 스스로가 가짜임을 잘 알고 있다. 하지만 그러면서도 배역을 마다하지 않는 모습을 우리 모두가 보고 있지 않은가? 둘째, 굳이 이렇게 자세히 계산하지 않아도 우리는 모두 현실 속에 산타 할아버지가 존재하지 않는다는 사실을 알고 있다. 정말로 산타클로스 설을 반박하기 위해서 길고 긴 수학 문제를 푼 것이 아니라 셈을 하는 과정에서 소소한 재미를 누렸을 뿐이다.

바꾸어 말하면, 조금 엉뚱하긴 하지만 '산타클로스의 물리학'을 계산한 것 역시 산타클로스 이야기의 기발한 파생작이다. 이야기는 이야기 속의 사소한 이야기를 낳고, 이야기에 관련된 다른 이야기를 낳는다. 이것은 그리 신기한 일이 아니다. 신기한 것은 종종 이야기의 부정까지도 이야기가 된다는 점이다. 아니, 좋은 이야기, 훌륭한 이야기는 자신을 부정하는 요소마저 내포하고 있다고 말하는 편이 옳을지도 모르겠다. '산타클로스의 물리학'은 산타클로스 이야기를 지우기는커녕 이 이야기를 훨씬 풍부하고 재미있게 만든다!

(3)

괴상하고 유별나고 흔치 않고 이치에 어긋나는 것. 이것이 바로 이야기의 기본 정신이다

이야기와 철학은 전혀 다른 길을 간다.

철학의 눈으로 세상을 볼 때는 근본적인 가치 하나를 품고서 무엇이 중요하고 무엇이 사소한지 분별한다. 플라 톤의 '이데아론'이 대표적인 예다. 철학은 모든 번잡한 현 상 너머의 순수한 '이데아 세계'를 찾고자 한다. 현실에 천 만 필의 말이 있다고 하자. 한 필 한 필의 말은 모두 다른 말 과 조금씩 구분되는 구석을 갖고 있다. 하지만 우리가 '말' 이라고 부르고 '말'에 관해 논할 때 서로 다른 각각의 말을 모두 가리킬 수는 없다. 우리는 말이 공통적으로 지닌 기본 성질을 가지고 논할 뿐이다. 바꾸어 말하면, 우리가 논하는 것은 각각의 차이를 걷어 낸 다음의 보편적인 '말', 상상 속 에 있는 절대적이고 이상적인 '말'이다.

말에는 말 보편의 이데아가 있듯 사람도 그러하고 만 물이 모두 그러하다. 이런 보편의 이데아로 구성된 관계가 바로 이데아 세계이며, 이것이 바로 철학이 탐색하고자 하는 대상이다. 이데아 세계와 그 반영을 대조하면, 실제적이고 개별적인 것은 모두 순수한 이데아의 불완전한 복제에 불과하다. 그렇기 때문에 철학은 각각의 특수한 요소를 하찮게 여기고 등한시할 수밖에 없다.

이야기는 오히려 이 모든 각각의 특수한 요소를 과장하고 부각한다. 이야기는 철학과 상반되는 가설에서 기원한다. "달리지 못하는 말이 있다면?", "물에서 살고 싶어 하지 않는 물고기가 있다면?", "절대 죽지 않는 사람이 있다면?"

이야기는 정의定義를 거스르며, 실재하거나 상상 속에 있는 '예외'를 수집한다. 대체로 이야기는 인류가 경험한 예외의 집대성이다. 이야기가 만들어지고 유통되는 근본적인 까닭은 그것이 예외이기 때문이다. 괴상하고 유별나고 흔치 않고 이치에 어긋나는 것. 이것이 바로 이야기의 기본 정신이다.

아이들은 이야기 듣는 것을 좋아한다. 아직 현실 세계의 규율과 원칙을 완전히 받아들이지 않았으며, 세상 돌아가는 물정을 터득하지 못했기 때문이다. 아이들에게 사랑받는 한 사람이 있다. 그는 평소라면 사람들이 절대로 걸치지 않는 빨간색 옷을 입고 빨간색 신발을 신은 채 평소에는 어딜 가도 만날 수 없었던 관대함으로, 오로지 선물을 나누어 주기 위해 세계 각지를 돌아다닌다. 산타클로스라고 불리는 이 사람은 이제껏 본 적이 없는 교통수단, 즉 순록이 끄는 눈썰매를 타고 다닌다. 게다가 그는 지붕 위의 굴뚝을 타고 거실로 들어가서 크리스마스트리 아래 놓인 긴 양말을 찾아 그 안에 조심스럽게 선물을 넣어 둔다. 얼마나 멋진가! 무엇 하나 일상적으로 예측 가능한 것이 없다.

나이를 좀 더 먹으면 아이도 선물은 모두 부모가 사 준 것이었음을 깨닫기 마련이다. 산타 할아버지 이야기의 마법이 갑자기 풀리고 만다. 선물은 그대로지만, 똑같은 선물이라도 예전의 진귀함은 사라지고 없다. 엄마 아빠가 물건을 사 주는 것은 으레 있는 일이다. 산타 할아버지가 준 선물이라는 눈부신 도금이 벗겨지면 선물은 한순간에 흔히 있기 마련인 '물건'으로 돌아간다.

으레 그런 것, 이것은 철학이 기를 쓰고 밝히고자 하는 것이다. 하지만 으레 그런 것은 우리가 이따금 회피하고 싶은 대상이기도 하다. 모든 것이 다 으레 그렇듯이 움직인다면 우리는 아무런 기대도 품을 수 없으며 흥분되거나 놀랄 일도 생기지 않으리라.

이야기는 각양각색의 예외를 들려줌으로써 우리가 기대할 여지를 남긴다. 법칙이 갈수록 견고해지는 시대에 보편적인 원리와 원칙만 믿을 것이 아니라, 머리 위에서 선물이 떨어지지는 않는지 눈을 크게 뜨고 살피는 것도 좋다고 말해 준다.

(**4**)
말이 되는 방식으로 과장하고 추론할 때, 허풍과
헛소리는 현실보다 더 사람을 끌어당긴다

아무리 많은 정보나 복잡한 자료라도, 그러니까 백과
사전 한 권 분량의 내용도 1미터짜리 막대기 하나에 기록
할 수 있다. 이런 이야기를 들어 보셨는지?

원리는 이렇다. 각각의 알파벳과 문장부호, 빈칸과 문
단 나누기에 저마다 하나의 대표 숫자를 정한 뒤에 숫자를
연결한다. 가령 01이 a를 대표하고, 02는 b를, 15는 o를, 11
은 k를, 27은 빈칸을 대표한다고 하자. 그렇다면 영어의 'a
book'이라는 단어를 012702151511이라고 쓸 수 있다. 그
런 다음 앞에 '0.'을 붙이는 것이다. 막대기 끝 시작점에서
0.012702151511미터에 해당되는 지점에 눈금을 긋는다.
그리고 표시선이 그어진 자리의 길이를 재서 숫자를 풀어
내면 'a book'이라는 단어를 도출할 수 있다.

우리는 이런 방법으로 백과사전 한 권을 전부 숫자로
변환할 수도 있다. 당연히 아주 긴 숫자 한 꿰미가 되겠지

만 걱정 없다. 무한개의 숫자가 와도 어차피 소수점 뒤니까. 역시 막대기 위에서 그만큼의 길이에 상응하는 지점을 찾아 표시하면, 표시선이 백과사전 한 권을 통째로 기록한 것이나 마찬가지 아닌가?

정말 멋진 방법이다! 다만 한 가지 문제가 있다. 현실적으로 불가능하다는 점이다. 우리는 그렇게 작은 단위로 막대의 길이를 잴 수가 없다. 소수점 뒤 수백억 번째 자리라면 이미 가장 작은 입자보다도 더 작은 정도다. 그런 자를 설계하고 제조할 수 있는 곳은 없다. 숫자에 해당하는 길이를 정확하게 찾을 수 있는 사람도 없다. 누가 그어 놓은 소수점 아래 수백억 자릿수의 길이를 정확하게 재서 숫자로 기록된 자료를 복원할 수 있는 사람은 더더욱 없다.

현실적으로 불가능하다는 사실이 추론하고 상상하는 즐거움에 방해가 되진 않는다. 추론은 사람의 습관이며, 추론 중에 즐거움을 얻는 것은 본능이다. 추론에 비하면 현실의 경험은 너무 협소하다. 추론은 자칫하면 현실의 범위를 뛰어넘기 일쑤다. 사실 많은 이야기가 추론의 즐거움을 제공한다. 이는 왜 많은 사람이 좋아하는 여러 심오한 이야기에 초현실적인 요소가 짙게 묻어 있는지를 설명해 준다.

아주 추운 날, 상트페테르부르크에서 있었던 일이다.

한 남자가 마차에 올라 뿔피리를 불었는데 아무 소리도 나지 않았다. 여관에 도착해서 뿔피리를 벽난로 근처의 벽에 걸어 두었더니 뿔피리가 울었다. 아하, 아까는 소리가 얼어붙었던 거구나. 불을 쬐고 녹아서 이제야 소리가 났구나.

마찬가지로 겨울날이었다. 폴란드에 폭설이 내렸다. 그는 눈밭 한가운데 있는 말뚝에 말을 묶어 두고 잠이 들었다. 이튿날 깨어 보니 자신은 교회 앞뜰에 누워 있었다. 어찌된 일인지 말이 보이지 않았다. 누가 훔쳐 갔나? 고개를 들어 보니 말이 교회 지붕 위에 엎드려 있었다. 알고 보니 말뚝은 폭설에 파묻힌 교회 지붕의 십자가였다!

이번에는 사냥을 나갔다가 아름다운 사슴 한 마리를 보았다. 그런데 방아쇠를 당기고 나서야 총알을 다 썼다는 사실을 깨달았다. 눈앞에서 달아나는 사슴을 지켜만 보기가 못내 안타까웠던 그는 잡히는 대로 버찌 씨앗을 탄창에 넣었다. 탕, 씨앗이 사슴의 이마에 적중했지만 사슴은 여봐란듯이 달아나 버렸다. 2년이 지난 뒤 그는 같은 숲에 사냥을 나갔다가 특이한 사슴 한 마리와 마주쳤다. 무늬와 색깔이 아주 아름다운 데다가 이마 위에 뿔이 하나 더 나 있는 사슴이었다. 자세히 보니 그것은 세 번째 뿔이 아니라 어린 벚나무였다.

이는 『허풍선이 남작의 대모험』에 나오는 몇 가지 재미있는 이야기다. 이 책의 정확한 제목은 『뮌히하우젠 남작이 파티에서 이야기한 산전수전 스릴 가득한 여행과 출정 모험』이다. 만약 누군가 정말로 파티에 갔다가 뮌히하우젠 남작을 만난다면, 틀림없이 웃으며 남작이 '허풍을 떤다', '헛소리를 한다'며 뭐라 할 것이다. 그러면서도 발길을 옮기지 못하고 계속 그의 옆에 붙어서 더 많은 '허풍'과 '헛소리'를 듣고 싶어 할 것이다.

말이 되는 방식으로 과장하고 추론할 때, 허풍과 헛소리는 현실이나 진실보다 더 사람을 끌어당긴다.

(**5**)

우리는 이야기를 통해 그 뒤에 감추어진 사회와
시대를 읽을 수 있다

청나라 때 문예비평가 김성탄은 '『삼국지연의』를 어떻게 읽을 것인가'에 관한 여러 가지 제안을 담은 장문의 글을 쓴 바 있다. 글을 여는 첫 번째 제안에서 그는 『삼국지연의』를 읽으려면 정통이 어디인가를 분명하게 알아야 한다며 촉한의 지위를 강조한다. 이것은 귀에 못이 박히도록 들은 이야기니, 여기서는 길게 말하지 않기로 한다.

이어서 김성탄은 『삼국지연의』를 읽으려면 "예로부터 지금까지 인재의 융성이 삼국을 넘어선 적이 없었다"는 사실을 알아야 한다고 말한다. 그의 말에 따르면 삼국의 인재에 삼절三絶이 있었다. 한 사람은 제갈공명, 또 한 사람은 관운장, 나머지 한 사람은 조조다. 이 세 사람에 필적할 만한 이는 역사에 없다. 삼절 이야기를 마친 김성탄은 이어서 비록 삼절만큼 빼어나지는 않으나 다른 시대에 태어났더라면 시대를 풍미하고도 남았을 삼국의 인물을 죽 나열

한다. 그가 멈출 줄 모르고 거침없이 써 내려가며 언급한 이름을 세어 보면 백 명이 넘는다.

　　하지만 김성탄은 이러한 인재의 융성이 삼국시대의 특징인지, 아니면 『삼국지연의』라는 소설이 서술하는 이야기의 효과인지는 분명히 밝히지 않았다. 나관중이 한데 그러모은 전통 이야기꾼의 솜씨가 너무나 뛰어나기 때문에 삼국의 수많은 인물을 그렇게 생동감 있게 그린 것인가, 아니면 삼국시대에 정말 그렇게 다양한 인재가 살았던 것인가? 인물이 대단한 것인가 이야기가 대단한 것인가, 어느 쪽이냐에 따라 말이 크게 달라진다!

　　다만 확실한 점은 『삼국지연의』의 인물 묘사가 매우 성공적이었다는 것이다. 김성탄이 어떤 시대에서도 이와 같은 수준의 인재가 붐비는 현상은 찾을 수 없다고 당당하게 단언할 정도로 말이다. 또 한 가지 분명한 점은 『삼국지연의』의 인물 이야기에는 반드시 인물의 개성과 행위에 극적인 요소를 더하기 위해 보태어진 과장된 부분이 있었다는 것이다. 제갈공명의 일화를 예로 들면, '초선차전'과 '공성계'는 모두 역사적 사실이 아니라 이야기꾼이 지어내 갖다 붙인 것이 분명하다.

　　따라서 역사상 실존했던 삼국의 인물이 『삼국지연

의』에 쓰인 것처럼 신기하고 찬란했을 리는 없다. 그렇다면 "예로부터 지금까지 인재의 융성이 삼국을 넘어선 적이 없었다"라는 김성탄의 말도 이야기 속에서나 가능한 평가이고, 실제 역사의 인재와는 아무런 관계가 없는 것일까?

꼭 그런 것만도 아니다. 생각을 달리하면 이렇게 질문해 볼 수 있다. 뛰어난 인물 이야기가 삼국시대를 배경으로 선정한 데는 특별한 이유가 있지 않겠는가? 배경을 다른 시대, 심지어는 다른 사회로 옮겨도 이 극적인 인재의 이야기를 그려 낼 수 있을까? 만약 이 뛰어난 이야기가 모두 이야기꾼의 솜씨에 불과하다면 어째서 수당전쟁 혹은 어지러웠던 명나라 초기의 인물로는 『삼국지연의』 같은 기세와 규모를 만들지 못한 걸까?

『삼국지연의』의 인물은 삼국시대에서만 나올 수 있었다. 그 시대가 역사적으로 가장 인재를 중요시하고, 인재의 개성과 능력이 빛을 발하던 시대였기 때문이다. 후한의 역사가 반고는 『한서』에서 예로부터 지금까지 있었던 역사 인물을 '상상'上上에서 '하하'下下까지 아홉 등급으로 나누어 '고금인물표'를 만들었다. 삼국시대에서 위진시대 사이에 쓰인 책 가운데 가장 특색 있는 것을 꼽으라면 유소의 『인물지』와 유의경의 『세설신어』를 들 수 있는데, 모두 인물의 언행과 성품을 기리는 책이다.

한 말에서 위진까지는 인물을 무척 강조하고, 인물의 빛나는 활약을 추구하던 시대였다. 그렇기 때문에 인물의 개성에 관한 갖가지 일화가 많이 축적되었고, 이는 『삼국지연의』가 수많은 인물 이야기를 창조할 수 있는 토대가 되었다. 『삼국지연의』의 인물 이야기가 모두 진실일 리는 없겠지만 인물이 저마다 지닌 개성, 그들이 능력과 지혜를 발휘하게끔 하는 분위기는 이야기꾼이 지어낸 것이 아니다. 역사적으로 삼국시대에 인물을 대하는 그런 분위기가 있었기 때문에 이야기꾼도 삼국시대를 배경으로 순조롭게 많은 인물이 등장하면서도 매력적인 이야기를 써낼 수 있었던 것이다.

아무리 소설 같은 이야기도 어쩌다 하늘에서 뚝 떨어지지 않는다. 이야기는 반드시 이야기가 그리는 사회 혹은 이야기가 탄생한 사회와 절묘하게 연관되어 있기 마련이다. 그래서 우리는 이야기를 통해 그 뒤에 감추어진 사회와 시대를 읽을 수 있으며, 이야기와 사회 사이의 다양하고 흥미로운 연결고리를 포착할 수 있다.

(6)

오랜 시간 전해진 이야기에는 반드시 다이아몬드처럼 반짝이는 핵심이 있다

영화 『트로이』에는 중요한 장면이 하나 있다. 고참 배우인 피터 오툴과 많은 이의 우상인 브래드 피트가 이 장면에서 세대를 뛰어넘는 연기를 펼친다. 트로이의 늙은 왕 프리아모스(피터 오툴 분)는 몰래 그리스 군대의 막사로 영웅 아킬레스(브래드 피트 분)를 찾아간다.

늙은 왕은 모든 자존심을 버리고 아킬레스에게 아들의 시체를 돌려 달라고 간절히 애원한다. 아들 헥토르 역시 용맹한 전사였기에 전사의 장례로 예우하고 트로이 백성이 마지막으로 그를 명예롭게 보내도록 하는 것이 마땅한 일이었다. 그런데 노인의 눈물 앞에서도 아킬레스는 시종일관 분노에 차 있다. 늙은 왕의 말이 채 끝나기도 전에 그는 격앙되어 이렇게 소리친다. "하지만 그는 내 사촌 동생을 죽였어!"

이 귀한 배우 두 사람도, 정교한 컴퓨터 그래픽 특수효과도, 1억 7천만 달러의 방대한 예산도, 전부 이 대사 한마디로 말아먹었다. "하지만 그는 내 사촌 동생을 죽였어!"라니, 이게 뭐람. 전혀 이해가 되지 않고, 공감은 더욱 되지 않는다. 사촌 동생이 아킬레스에게 그렇게나 중요한 존재란 말인가?

영화의 전개를 보면, 그리스 연합군 총수 아가멤논이 아킬레스가 전리품으로 얻은 트로이 여사제를 몰수한다. 아킬레스는 이 일로 크게 불만을 품고 다시 전장에 나가기를 거부한다. 아킬레스가 빠진 그리스 연합군은 헥토르를 당해 내지 못해 포위망을 조금도 좁히지 못했다. 많은 사람이 아킬레스에게 무엇이 대의인지 권고하고, 그가 돌아와서 모두와 함께 전투에 나서기를 바랐다. 하지만 아킬레스는 꿈쩍도 하지 않았다. 자기 대신 나선 파트로클로스가 전투 중 헥토르에게 죽임을 당하기 전까지는 말이다. 비통에 잠긴 아킬레스는 그리스 연합군을 위해서가 아니라 파트로클로스의 복수를 위해 전장에 뛰어든다. 그는 초인적인 용맹으로 헥토르를 죽이고 헥토르의 시체를 능지처참해 분풀이까지 한다.

파트로클로스는 누구인가? 영화에서 말하는 대로라면 아킬레스의 사촌 동생이다! 아킬레스는 사촌 관계를 정말 소중하게 여겼던 모양이다. 사촌 동생을 위한 분노로 그리스 역사를 바꾸어 버렸다!

　호메로스의 서사시 『일리아드』에는 사촌 동생에 관한 내용이 없다. 기원전 8세기의 그리스인에게는 명확한 인척 관계가 없었으며, 당연히 대가족을 이루어 사는 일도 없었기 때문이다. 『일리아드』에 따르면 파트로클로스는 아킬레스의 애인이었다. 그가 세상에서 가장 아끼고 사랑한 사람이었다. 바꾸어 말하면, 아킬레스의 분노는 애인을 위한 것이었고, 헥토르의 늙은 아버지가 애원하는 바를 모질게 거절한 것 역시 사랑 때문이었다.

　영화를 찍을 당시 감독과 시나리오 작가는 그리스인의 동성애를 언급하고 싶지 않았고, 성인 남성 두 사람의 멜로를 넣었다가는 적지 않은 관객이 달아날 것이 걱정되기도 했다. 그래서 감독과 작가는 요령껏 극의 가장 중요한 갈등 요소가 되는 이 플롯은 그대로 남긴 채 아킬레스와 파트로클로스의 관계를 사촌지간으로 바꾸었다.

　이렇게 해서 애인 관계인 두 사람과 두 부자父子가 얽히고설켜 만들어 내는 강렬한 갈등이 영화에서 황당무계한 해프닝으로 바뀌고, 아킬레스를 바보로 만들었다. 죽은 이의 아버지 되는 사람이 복수를 원하지도 않고, 사과를 기대하지도 않고, 그저 아들의 시체를 돌려받길 바라는 마음으로 찾아왔다. 아버지와 아들의 애잔한 관계에 비하면 소박한 부탁이다. 그런데 아킬레스는 "사촌 동생!"을 부르짖는다. 부자지간과 사촌지간이라니, 도무지 균형이 맞지 않는다. 아킬레스가 참으로 비인간적인 사람이 된 게 아닌가?

이야기를 함부로 고쳐서는 안 된다. 이야기를 둘러싼 주변 요소는 전해지는 과정에서 이런저런 변화가 생길 수 있다. 하지만 사람을 끌어당기는, 오랜 시간 전해진 이야기에는 반드시 다이아몬드처럼 반짝이는 핵심이 있기 마련이다. 다이아몬드처럼 빛나고 단단하며 임의로 바뀌기를 거부하는 핵심 말이다. 그 핵심이 한번 바뀌고 나면 이야기는 더 이상 같은 이야기가 아니며 광채를 잃고 만다.

이야기를 듣고 또 이야기를 들려주려면 먼저 무엇이 이야기의 다이아몬드인지 핵심을 판별해야 한다. 다이아몬드를 판별해 내지 못한다면 1억 7천만 달러로도 좋은 이야기를 만들 수 없다.

---

*『일리아드』(Iliad)
서사시 『일리아드』와 『오디세이아』는 눈먼 음유시인 호메로스가 쓴 것으로, 기원전 750년에서 기원전 725년 사이에 완성된 것으로 전해진다. 『일리아드』는 그리스군이 트로이성을 포위 공격한 10년 동안의 이야기다. 이 서사시는 아킬레스와 아가멤논의 다툼으로 시작해서 헥토르의 장례로 끝이 나는데, 인물의 성격 묘사가 무척 생생하고 스토리에 강한 흡인력이 있다.

(7)
올바른 시점과 서술 전략은 이야기를 듣는 이와
이야기 사이의 거리를 좁혀 준다

"여섯 살에 공부를 시켜 보니 공손하고 얌전했다. 예의를 갖추었으며 차분하고 과묵한 것이 걸출한 인물이 될 기상이 보였다. 부친은 매를 든 적이 없었고 모친은 야단을 친 적이 없었으며 마을에 나무라는 사람이 없었다. 여덟 살에 글방에 나가니 백 명이 넘는 글방 아이 모두가 잘못을 저질러 꾸지람을 받거나 글씨가 못나 매를 맞았건만, 충은 글씨가 날로 나아지고 잘못도 저지르지 않았다. 글을 다 익히자 글방을 떠나 『논어』와 『상서』를 공부하며 매일 천 자를 암송했다. 경서를 밝히 알게 되고 덕에 이르자 스승에게 사은하고 홀로 공부하기 시작했다. 붓을 쥐었다 하면 뭇사람이 놀랐으며 읽는 책은 날로 풍부해졌다. 재능이 뛰어났지만 함부로 글을 짓지 않았고, 언변이 능란했으나 논쟁을 삼가고 꺼렸다. 적합한 말동무를 만나지 못하면 종일 말이 없었다. 그가 하는 말을 들으면 처음에는 모두 기이하다고 여겼지만, 끝까지 듣고 나면 모두 맞다고 여겼다. 그가 지은 글 역시 이와 같았다."

여기서 묘사하는 대상은 후한 시대의 왕충이다. 글에서는 왕충이 여섯 살에 이미 특별한 기질을 드러냈다고 묘사한다. 여느 아이처럼 말썽을 부리지도 않고 위인이 될 기상이 보였으며, 부모도 이웃도 그를 혼낼 만한 이유를 찾지 못했다. 여덟 살이 되어 글방에 다닐 때도, 다른 아이는 모두 잘못을 저질러 혼이 나거나 글씨를 잘 쓰지 못해 매를 맞는데 왕충만은 글씨도 나날이 늘고 어떤 잘못도 저지르지 않았다고 한다. 글자를 익히고 쓸 줄 알게 되자 이어서 『논어』와 『상서』를 읽기 시작했는데, 하루에 천 자를 외울 수 있었다. 이제 그는 스스로 신통한 글을 쓰기 시작한다. 재능이 뛰어났지만 함부로 쓰는 법이 없었고, 말솜씨가 훌륭했지만 논쟁을 좋아하지 않았다. 적당한 상대를 만나지 못하면 하루 종일 말을 하지 않았다. 그가 세우는 논리는 모두 보통 사람과는 달랐지만, 끝까지 다 듣고 나면 다들 옳다고 인정했다. 그가 쓴 글도 대체로 이러했다.

앞의 글에서 왕충을 칭송하는 용어며 말투는 모두 당시 사서史書 속 인물 전기에서 자주 쓰이는 방식이다. 하지만 이 글은 『후한서』後漢書 「왕충전」王充傳에 나오는 것이 아니라, 왕충 자신이 쓴 『논형』論衡 가운데 한 편인 「자기」自紀에 나오는 대목이다. 다시 말해 왕충이 자기 자신을 묘사한 글이다.

사서의 전기에서 누군가에 관해 이렇게 쓴 것과 누군가가 자기 자신에 관해 이렇게 쓴 것은 설령 내용이 완전히 똑같다고 해도 전혀 다른 느낌을 준다. 우리는 사서의 전기를 있는 그대로 받아들이거나 모두 진실이라고 보지 않는다. 당시에는 이런 문체를 사용하는 것이 일반적이었다는 사실도 알고 있다. 그런데 후세의 누군가가 제삼자의 시각으로 기록할 때 사용하던 말투를 가져다가 왕충처럼 스스로가 어릴 적부터 얼마나 좋은 아이였고 얼마나 대단했는지 이야기하는 데 쓰면, 경계심이 들 뿐 아니라 저도 모르게 반감마저 일어난다. 어느 누가 이렇게 자신을 높이고 자화자찬을 늘어놓을 수 있단 말인가? 스스로를 너무 좋게 이야기하면 그가 그만큼 좋은 사람도 그만큼 대단한 사람도 아니라고 믿을 만한 이유가 된다.

여기서 중요한 것 하나는 서술의 시점이며, 또 하나는 설득력이다. 서술 시점과 설득력은 서로 밀접한 관련이 있다. 왕충은 본래 다른 사람에 관해 이야기하기에 적합한 시점을 자서전에 사용했다. 이 때문에 글의 설득력이 크게 떨어졌다. 누군가 학교에 백 명의 아이가 있는데 다른 아이는 모두 꾸중을 듣거나 매를 맞는 와중에 유독 자기만 그럴 일이 없었다고 말한다면, 우리 마음속에는 본능적인 의심이 일지 않겠는가?

이야기를 할 때는 다른 사람이 들을 수 있게, 다른 사람의 귀에 들어갈 수 있게 해야 한다. 어떤 내용을 이야기할지만 고민할 것이 아니라 누구의 입장에서 누구의 입을 빌려 이야기할지, 서술의 시점과 이야기 사이의 관계는 어떠한지, 누가 어떤 식으로 경험한 이야기이며 어떤 식으로 전달할지도 중요시해야 한다. 올바른 시점과 제대로 된 서술 전략은 이야기를 듣는 이와 이야기 사이의 거리를 좁혀준다. 반대로 아무렇게나 선정한, 어긋난 각도에서 늘어놓는 이야기 앞에서 독자는 경계심, 심지어는 반감을 갖게 되어 이야기가 구축하는 세계 안으로 들어갈 수가 없다.

(8)
'가정교사' 시점을 찾아내면 내밀한 이야기가 더 흥미로워진다

빅토리아 시대 소설에 가장 자주 등장하는 여성 인물은 'governess'다. 보통 '(여자) 가정교사'로 번역된다. 이런 가정교사는 대개 중하층 출신으로, 상류 귀족 사회의 가정에 들어가서 아이를 가르친다. 대다수 가정교사는 공부만 가르치는 것이 아니라 주인집에 거주하면서 아이의 생활 규범을 봐준다. 일반적인 고용인보다 지위가 높으며, 무엇보다 주인과의 접촉이 훨씬 잦다.

소설에 '가정교사'가 자주 등장하는 이유는 그녀가 두 눈에 호기심을 반짝이며 상류 가정으로 깊숙이 들어가 때로는 황당하고 때로는 슬픈 수많은 비밀을 볼 수 있기 때문이다. 또한 젊고 아름다운 가정교사에게는 귀족이 사는 환경에서 '참새가 봉황 되는' 놀라운 레퍼토리를 연출할 기회가 많이 생긴다.

청 말에서 중화민국 초기의 중국, 상하이의 한 명문가

에서 한때 서양의 가정교사 제도를 도입한 적이 있다. 쑹칭링과 쑹메이링의 어머니인 니구이전은 일찍이 성쉬안화이의 집에서 '보모', 즉 교사 일을 겸하는 유모로 일했다. 훗날 쑹칭링과 쑹메이링의 맏언니 쑹아이링이 어머니의 뒤를 이어 성씨 가문에 들어갔다. 그녀가 맡은 일은 이름도 당당한 가정교사였다. 이때의 인연으로 성씨 가문에서는 쑹아이링의 남동생 쑹쯔원을 한예핑공사⊛에 들였고, 이때부터 쑹씨 가문의 실업계 경력이 시작되었다.

중화민국 성립 이후부터 성씨 가문은 쑹씨 가문의 번창을 따라가지 못했다. 오히려 한때 쑹아이링이 '모시던' 일곱째 성성이가 쿵씨와 쑹씨 가문에 붙어 상하이에서 장사를 했을 정도다. 중일전쟁이 일어나자 성성이는 국민당을 따라 충칭까지 물러났고, 그곳에서 화푸담배공사의 이사장이 되어 담배를 팔아 큰돈을 벌었다. 이뿐 아니라 화성기업, 다루운수, 쿤밍덴리제철공장이 모두 그의 것이다.

성, 쑹, 쿵, 여기에 물론 장까지, 중화민국의 정계와 재계를 주름잡던 네 가문의 인연이 사실은 가정교사와 맺은 관계에서 시작된 셈이니, 이것만 보아도 가정교사의 중요성을 잘 알 수 있다.⊛⊛

⊛ 성쉬안화이가 1908년에 한양제철공장, 다예제철공장, 핑샹탄광을 합병해 설립한 회사.

⊛⊛ 성쉬안화이는 청나라 말기의 관리이자 경제인이다. 중국 최초의 CEO라고 불린다. 한예핑공사의 실질적인 경영권을 가지고 있었다. 쑹가는 중국의 사업가이자 혁명 후원자인 쑹자수의 일가를 가리킨다. 쑹자수는 슬하에 3남 3녀를 두었는데, 그중 장녀 쑹아이링은

고관대작의 저택은 아무나 드나들 수 있는 곳이 아니다. 보통 사람이 들어갈 수 없기 때문에 유난히 호기심을 자아낸다. 모두 고관대작의 집안 이야기를 듣고 싶어 한다. 하지만 누가 알아내며, 또 누가 이야기를 한단 말인가? 상류 귀족 사회의 구성원이라면 내부의 비밀을 폭로할 이유가 없을뿐더러 귀족은 자신의 삶을 당연한 것으로 여기기 때문에 이야기를 대하는 호기심이 부족하다. 피고용인은 고관대작의 삶 언저리를 배회하기 때문에 보고 듣는 것이 적지는 않겠지만 진정으로 귀족의 삶에 참여하고 삶의 세세한 부분까지 이해할 기회는 없다.

　　가정교사는 '이야기의 이점'을 가장 잘 갖춘 사람이다. 외부인인 가정교사는 원래 외부에 굳게 봉쇄되어 있는 상류 사회 내부로 들어간다. 내부에 속하지도 외부에 속하지도 않으며, 지위는 높지도 않고 낮지도 않다. 또한 언제든 이야기 속으로 끌려 들어가 이야기의 일부가 될 수도 있고, 어느새 자신이 촘촘하게 얽힌 관계의 중심이 되어 있음을 발견하기도 한다. 그렇기 때문에 가정교사가 털어놓는 이야기는 피부에 와 닿으면서도 낯설게 느껴지고 친근하면서도 신선하며 청중과 독자의 관심을 끌기에 좋다.

　　'내밀한 이야기'를 할 때의 관건은 '가정교사'와 같은

공자의 후손이자 전장(錢莊)을 운영하는 집안의 아들인 쿵샹시와 결혼했다. 차녀 쑹칭링은 중국의 혁명가이자 초대 임시 총통을 지낸 쑨원과 결혼했다. 삼녀 쑹메이링은 타이완 중화민국의 총통을 지낸 장제스와 결혼했다.

147

시점을 찾아낼 수 있는가의 여부다. 이야기를 하는 사람이 시작할 때부터 이미 내막과 비밀을 손바닥 보듯 훤히 알고 있어서는 안 된다. 그렇게 되면 이야기의 긴장감이 사라지기 때문이다. 그렇다고 화자가 자신과 상관없는 이야기를 하듯 냉정하고 객관적이어서도 안 된다. 화자는 청자를 데리고 낯선 일로 가득한 환경 속으로 한 발 한 발 들어가서, 그곳의 법칙을 조금씩 이해해 나가야 한다. 이 과정에서 화자는 점점 이야기와 자신을 떼어 놓을 수 없게 된다. 바꾸어 말하면, 청자도 덩달아 점점 이야기와 자신을 떼어 놓을 수 없게 된다. 이렇게 원래는 호화로운 권문세가 집안의 비밀이었던 이야기가 모두들 알고 싶어 하는, 모르고는 견딜 수 없는 갈망의 대상이 된다.

9

두 가지 대비되는 요소의 줄다리기는 이야기 듣는 사람을 이야기 속으로 빨아들인다

미야모토 무사시는 검록산을 지나다가 특수 무기 '사슬 검' 장인인 대장장이 바이켄을 만났다. 미야모토 무사시가 공손하게 가르침을 청하자, 바이켄은 집에서 이야기를 나누자며 그를 초대했다.

바이켄은 아내의 불만에도 아랑곳하지 않고 미야모토 무사시에게 술과 식사를 정성껏 대접했다. 그는 사슬 검을 전쟁터에서 사용하면 어떤 효력이 있는지 허심탄회하게 설명하면서 사슬 검을 다루는 오묘한 이치도 가르쳐 주었다. 양손을 함께 써서 사슬과 검을 통제한다는 그의 가르침에 무사시는 '사람에게 양손이 있으나 검을 사용하는 것은 한 손뿐'이라는 생각을 하게 되었다. 이는 훗날 미야모토 무사시가 '니토류'二刀流를 창안하는 데 중요한 영감이 된다.

바이켄은 설명을 하면서 계속 무사시에게 술을 권했

다. 무사시는 결국 몸을 가누지 못할 정도로 취하고 말았다. 바이켄은 친절하게도 난롯가의 따뜻한 잠자리까지 무사시에게 내주었다. 잔뜩 취한 무사시는 사양할 기운마저 없었다. 그는 바이켄의 아내가 아기를 안고 자고 있던 이불 속으로 들어가, 머리를 대자마자 쿨쿨 코를 골며 잠에 빠져들었다.

무사시는 꿈을 꾸었다. 꿈속에서 그는 아기가 되어 어머니 품에 안겨 있었다. 어머니는 현실에서 바이켄의 아내가 부르던 자장가를 불렀다. 이 단꿈은 곧이어 악몽으로 변했다. 아버지가 나타나 무사시에게 어머니를 떠나라고 다그치며 한쪽을 선택하라고 말했다. "너는 아버지의 아들이냐, 어머니의 아들이냐?"

미야모토 무사시는 괴로워하다가 깨어났다. 눈을 뜨고 검댕이 잔뜩 낀 천장을 바라보았다. 빨간색 빛줄기가 나타났다 사라지곤 했다. 다 타고 사그라져 가는 난롯불이 만들어 낸 모습이었다. 머리맡에는 바람개비가 놓여 있었다. 바이켄 아들의 장난감이었다. 무사시는 이불에서 젖 냄새를 맡았다. 어쩐지 본 적도 없는 어머니가 꿈에 나오더니. 단란한 가정의 온기가 그를 온통 감싸고 있었다.

이렇게 아늑한 분위기에서 바람개비가 천천히 돌아

가기 시작했다. 빙글빙글 돌아가는 바람개비는 더 곱고 황홀해 보였다.

무사시는 문득 이상하다는 생각이 들었다. 왜 바람개비가 돌아가지? 누가 문이나 창문을 열어 놨나? 바람개비는 몇 바퀴 돌다가 곧 멈췄다. 무사시는 그제야 알았다. 방금 누군가 뒷문으로 살금살금 들어왔다. 그래서 빛깔 고운 바람개비가 나비처럼 날갯짓을 하다가 멈춘 것이다. 무사시는 즉시 이불 속에서 소리 없이 몸을 일으켰다.

이는 요시카와 에이지의 소설 『미야모토 무사시』에 나오는 유명한 이야기로, 흡인력 있는 이야기 쓰는 법을 보여 준다. 달콤하고 따뜻한 분위기 속에 가장 음험한 위기가 숨어 있다. 아늑함이 설득력을 가질수록 위기가 튀어나오는 순간 숨 막히는 두려움을 느낀다. 여기서 아늑함과 위태로움을 관통하는 것은 아름다운 바람개비다. 빙글빙글 돌아가는 바람개비는 가만히 멈춘 것보다 더 아름답지만, 바람개비를 돌게 한 것은 바로 그곳에 숨어 있던 음험한 움직임이었다.

이렇듯 두 가지 대비되는 요소의 줄다리기는 이야기 듣는 사람을 이야기 속으로 빨아들인다. 이야기의 드라마틱한 내용과 일상적인 경험 사이의 격차가 너무나 크기 때

문에, 듣는 사람은 일상의 경험을 잠시 한쪽에 밀어 둔 채
이야기에 몰입하고 극적인 면에 집중한다.

바람개비가 갑자기 빠르게 돌기 시작했다. 가물거리는 난
로의 잔불에 비추인 바람개비는 마치 온갖 모양의 꽃으로
변하는 것처럼 쉬지 않고 빙빙 돌아갔다. 그때, 미야모토
무사시는 방 안과 바깥에서 발소리를 들었다! (……) 마침내
문발 사이로 눈 두 개가 나타났다. 한 남자가 손에 창을 든
채 벽을 돌아서 이부자리 쪽으로 다가왔다.

＊미야모토 무사시(宮本武藏, 1584-1645)
일본 에도시대 초기의 사무라이, 병법가, 예술가. 일본 역사상 가장
중요한 검객으로 꼽힌다. 유명한 니텐이치류(二天一流) 검술을 만든
시조다. 이 검법은 간단히 말하면 길고 짧은 칼 두 자루를 쓰는 좌우
양손의 동작을 통일시켜 상대를 제압한다. 그가 세운 검법은 세간의
이목을 끌었으며, 이소룡과 최배달을 포함한 후세의 수많은 무술가
가 그의 검법을 배웠다.

때론 아주 사소한 이야기가 한 인물의 생애를
이해하게 만든다

다이앤 포시와 제인 구달은 모두 위대한 영장류 동물학자다. 두 사람 다 영국 인류학자 루이스 리키에게서 영감과 동기를 부여받고 밀림 속으로 들어가 친화적이고 장기적인 영장류 관찰 연구를 진행했다. 구달은 침팬지를, 포시는 고릴라를 연구했다.

포시는 르완다에서 열여덟 해를 보내는 동안, 관찰만한 것이 아니라 밀렵꾼의 위협에서 실질적으로 고릴라를 돌보고 보호했다. 그녀가 『내셔널 지오그래픽』에 발표한 글을 통해 많은 사람이 고릴라에 흥미를 느끼게 되어, 고릴라에 관한 관심이 크게 높아졌다.

르완다에서의 연구 생활은 결코 쉽지 않았다. 포시는 허가증이 발급된 스미스앤드웨슨 권총뿐 아니라 베레타 소형 권총도 몰래 한 자루 소지하고 있었지만 영 마음이 놓이지 않았다. 그래서 어떻게든 나이로비에서 베레타 한 자루를 더 밀수입하려고 계획을 짰다.

포시의 계획은 이러했다. 친구의 아내에게 케이크 한 판을 구워 달라고 부탁해서 총을 케이크 안에 숨긴다. 그런 뒤 케이크를 둥근 양철 케이스에 넣어 항공우편으로 르완다에 부치는 것이다.

조수가 그녀를 일깨웠다. "너무 위험한데요? 키갈리 세관을 통과할 수 있을까요? 케이크가 그렇게 무거운 걸 보고 이상하게 생각할 거예요."

포시는 조수를 안심시켰다. "걱정 마. 영국인이 새해에 먹는 육중한 케이크를 생각해 봐. 그게 얼마나 무거운데! 케이크 겉에 '영국 크리스마스 케이크'라고 쓰면 되지 않겠어? 르완다 세관에서도 의심하지 않을 거야."

조수가 항의했다. "'영국 크리스마스 케이크'가 뭐하는 물건인지 세관에서 어떻게 알겠냐고요!"

영국의 크리스마스 케이크는 옛날에 '열두 밤의 케이크'라 불렸다. 크리스마스 전에 만들어 두었다가 크리스마스가 지나고 열이틀째 되는 날 꺼내 먹었기 때문이다. 즉 애초에 오랫동안 저장했다가 먹을 수 있도록 만들어진 음식이었다. 밀가루, 달걀, 버터, 말린 과일, 견과류를 넣고 여러 번 구워서 만들어 속이 매우 실하며, 대량의 백설탕과

달걀 흰자로 만든 아이싱을 입히기 때문에 겉은 무척 딱딱하다. 포시가 총기를 밀반입할 수단으로 이 케이크를 생각해 낼 만도 한 것이, 영국 크리스마스 케이크는 전 세계에서 가장 무거운 케이크였다!

총기 밀수를 요청하는 편지를 보냈지만, 나이로비에서 답신이 오지 않았다. 나중에 알고 보니 밀수업자가 케이크에 총을 숨기자는 제안을 읽고서는 한바탕 웃고 넘겼던 것이다.

영국 크리스마스 케이크에 얽힌 실현되지 못한 황당한 계획은 우리가 밀림에서 보낸 포시의 생애를 이해할 수 있는 가장 실감 나는 일화가 되었다. 웃음을 자아내는 그녀의 발상 뒤에는 고릴라를 보호하기 위한 분투가 있었다. 포시는 고릴라를 위해 밀렵꾼과의 싸움도 불사했다. 밀렵꾼을 저지하고 자신을 방어하기 위해 그녀는 총이 필요했다. 절박했던 나머지 영국 크리스마스 케이크로 총기를 밀수하겠다는 발상조차 그냥 지나칠 수 없었다.

포시의 생각이 옳았음이 사실로 증명되었다. 안타깝게도 결과는 크나큰 비극이었다. 1985년 포시는 르완다의 연구 기지에서 무참히 살해되었다. 죽은 뒤 포시는 자기가 관찰하고 연구했던 고릴라가 묻힌 곳에 함께 매장되었다.

그녀의 죽음이 고릴라를 보호하느라 밀렵꾼에 대항했던 사실과 밀접한 연관이 있음은 너무도 분명하다.

우리는 눈물을 흘리는 대신 우스운 '영국 크리스마스 케이크'로 이 비극의 영웅을 기억한다. 웃음이 나는 이야기지만 깊고 애잔한 슬픔을 남긴다.

※다이앤 포시(Dian Fossey, 1932 - 1985)

아프리카 고릴라를 보살핀 것으로 유명한 동물학자. 동물에 관심이 많았던 포시는 새너제이주립대학교 수의학과에 입학했으나, 나중에 전공을 바꾸어 '작업치료사'가 되었다. 1963년 남아프리카로 여행을 갔다가 리키 박사를 만나 고릴라 연구에 관심을 가지게 되었다. 멸종 위기의 고릴라를 보호하기 위해 온 힘을 다했으며, 고릴라와 놀랍고도 아름다운 우정을 나누었다. 현지에서 고릴라를 연구하고 보살피기 위해 청춘을 바쳤으며 평생 결혼하지 않았다.

포시는 결국 밀렵꾼의 공격을 당해 내지 못하고 아프리카에서 신원을 알 수 없는 이에게 암살당했다. 그녀는 희생되었으나 포시가 창설한 고릴라 재단은 이후 고릴라에 관한 더 많은 사람의 관심과 애정을 이끌어 냈다. 포시는 고릴라를 돌본 경험을 『안개 속의 고릴라』라는 책으로 남겼다. 영화 『정글 속의 고릴라』는 바로 이 책을 토대로 제작되었다.

(11)
이야기를 통해 서술이나 분석으로는 닿을 수 없는
내용을 효과적으로 드러낼 수 있다

일본 전통 사무라이 집안 사내아이는 아주 어린 나이에 낯선 가정에 보내져 남의집살이를 해야 한다. 그곳에서 주어지는 대로 부족하고 가난한 생활을 한다. 아이는 해가 뜨기 전에 일어나서 주린 배를 쥐고 새벽 공부를 하며, 아무리 추운 겨울날에도 맨발로 걸어서 학교에 간다. 한 달에 하루 이틀은 아이들끼리 조를 나누어 서로를 감시하면서 밤새 번갈아 가며 낭독을 한다.

좀 더 자라면 아이는 형장, 묘지, 전설 속 흉가 등 무서운 장소에 가게 된다. 대중 앞에서 죄인의 목을 베는 것이 보편적이던 시대에 일본 소년은 참수형 집행 과정을 지켜봐야 했다. 이뿐 아니라 땅거미가 진 뒤에는 혼자 형장으로 돌아가서 잘린 사람 머리에 작은 칼로 표시를 새겨 자신의 용기를 증명해야 했다.

이것이 첫 번째 이야기다.

에도성의 건설자인 오타 도칸은 자객의 창에 죽임을 당했다. 오타 도칸이 시에 정통하다는 사실을 알고 있던 자객은 창날이 오타 도칸의 몸을 꿰뚫는 순간 시 두 구절을 읊었다. "아! 지금 이 순간/ 생명의 빛이 스러지네, 여한을 남긴 채……" 창에 맞은 오타 도칸은 놀랍게도 태연하게 자객이 읊조리는 시를 받아서 두 구절을 읊었다. "이 고요한 순간이 아니라면/ 어찌 인생의 빛을 알아보리오?" 시구의 여운 속에서 오타 도칸은 서서히 숨을 거두었다.

이것이 두 번째 이야기다. 세 번째 이야기는 다음과 같다.

미나모토노 요시이에가 군대를 이끌고 아베노 사다토와 전투를 벌였다. 아베노의 군대를 궤멸시킨 미나모토노 요시이에는 뒤에서 추격하다가 아베노 사다토를 따라잡자 활을 팽팽하게 당기며 크게 소리쳤다. "사무라이가 뒤에서 적을 공격하는 것은 부끄러운 짓이다!"

소리를 들은 아베노 사다토는 곧 고삐를 당겨 말을 세웠다. 미나모토노 요시이에는 활을 겨누며 아베노 사다토가 입고 있는 전포戰袍를 똑똑히 보게 되었다. 문득 시 한 구절이 탄식하듯 흘러나왔다. "전포가 찢어져 누더기가 되었네……" 그러자 아베노 사다토가 이어서 읊었다. "명주실이

세월 속에 닳아 버렸기 때문이라네."

미나모토노 요시이에는 힘껏 당겼던 활시위를 늦추더니, 몸을 돌려 떠났다. 아베노 사다토를 달아나게 해 준 것이다. 옆에 있던 이가 왜 적을 놓아주었냐고 물었다. 미나모토노 요시이에는 말했다. "적에게 쫓기는 순간에도 평정심을 잃지 않는 사람에게 내 활로 수치를 줄 수는 없었다네."

앞 이야기 세 편은 니토베 이나조가 서양인에게 '무사도'를 소개하기 위해 쓴 책의 네 번째 장에 등장한다. 이 장의 주제는 일본 사무라이에게 '용기'가 지니는 의의다. 니토베 이나조는 먼저 본문에서 첫 번째 이야기를 한 다음, 주해註解에서 두 번째 이야기와 세 번째 이야기를 들려준다. 뒤에 오는 이야기 두 편이 첫 번째 이야기의 해설이 되기 때문에 독자는 그가 하려는 말을 쉽게 이해할 수 있다.

이처럼 일본 문화에 깊게 뿌리 내린 가치, 특히 일본 무사도가 추구하는 독특한 가치 개념을 외국인에게 설명할 때, 서술이나 분석의 언어를 사용한다면 얼마나 난해하겠는가! 하지만 훌륭한 이야기꾼이었던 니토베 이나조는 겉으로 보기에 상이한 이야기 세 편을 병렬해 이야기가 서로를 증명하도록 했다. 이로써 붓을 훨씬 적게 놀리고도 서

술이나 분석으로는 닿을 수 없는 깊은 내용을 효과적으로
드러냈다.

＊니토베 이나조(新渡戸稲造, 1862 – 1933)
일본의 사상가이자 교육자. 다이이치고등학교(종전 후 도쿄대학교
교양학부로 흡수되었다) 교장을 지냈으며, 도쿄여자대학교의 창립
자이기도 하다. 저서로『무사도』,『수양』등이 있다.

(12)

흡인력 있는 이야기의 핵심 요소는 극적인 대조와 반전이다

미국의 건국 공신 토머스 제퍼슨과 알렉산더 해밀턴은 오랜 시간 동안 분명한 입장 차이를 가지고 대립했다.

제퍼슨은 플랜테이션 지주 출신으로, 농업 환경 즉 북미 식민지 시절의 상황에 익숙했다. 혁명 후 미합중국이 성립될 때, 제퍼슨은 합중국에 관해 신중하고 철저한 태도를 취했다. 새로운 국가는 한때 식민지였던 열세 개 주가 기존에 지니고 있던 자주적 지위를 존중해야 한다고 못을 박았다. 제퍼슨이 생각하기에는 열세 개의 주가 국가라는 이름에 합당한 주체였다. 그러니 상대적으로 연방 정부는 그리 중요한 주체가 아니었고, 너무 많은 권력을 가져서도 안 되었다. 게다가 제퍼슨이 상상하는 미국은 농업과 전원의 정경을 유지하는 나라였다. 미국의 발전 양상이 유럽, 그중에서도 특히 영국과는 달라야 한다고 생각했다.

해밀턴은 어땠을까? 그는 서인도제도 출신에다가 사

생아로 태어났다. 열여덟 살에 고향 섬이 폭풍우에 휩쓸린 상황을 그린 글 한 편을 뉴욕의 신문에 투고했는데 그의 유려한 글 솜씨가 뉴욕 자선가의 이목을 끌었다. 자선가는 외딴 지역에 사는 재능 있는 청년이 뉴욕에 와서 공부할 수 있도록 돈을 대 주었다. 이렇게 해밀턴은 북미 대륙을 밟게 되었다.

해밀턴은 옛 식민지 어느 곳에도 속하지 않았기 때문에 열세 개 주 가운데 어느 주 입장에도 감정을 이입하지 않았다. 반대로 새로 성립되는 미국에는 충만한 열정을 품고 있었다. 해밀턴은 강대한 미국 연방을 기대했으며, 그런 만큼 각각의 주에 너무 큰 권한이 주어지는 것을 원치 않았다. 해밀턴은 유럽의 내로라하는 나라와 경쟁할 수 있을 만큼 강대한 미국을 상상했다. 그러려면 미국은 생산성이 낮은 농업에 머물러 있지 말고 서둘러 공업을 발전시켜 앞선 국가를 따라잡아야 했다.

제헌회의에서 두 사람은 정면으로 충돌했다. 연방주의자의 호소력 있는 목소리가 담긴 『페더럴리스트』The Federalist를 집필하는 등 해밀턴이 기울인 노력에도 불구하고 실제 정치적 각축에서는 제퍼슨으로 대표되는 '분권주의자'가 우세했다. 구체적으로 제정되고 통과된 헌법을 보며 해밀턴은 크게 실망하지 않을 수 없었다. 제헌 후 초대 대통령으로 선출된 조지 워싱턴이 해밀턴의 상관이었던 까닭에 해밀턴은 미국 헌법의 첫 번째 집행자가 되었다.

1790년대에 해밀턴은 워싱턴의 지지 아래 미국 연방 정부의 재정을 정비했다. 그는 각 주의 채무를 총괄하여 처리하고, 연방의 이름으로 국채를 발행하기 시작했다. 1800년, 해밀턴의 오랜 정치적 맞수인 제퍼슨이 대통령에 당선되었다. 취임하고 얼마 지나지 않아 제퍼슨이 내각 재무부 장관에게 내린 중요한 임무는 바로 해밀턴이 설계한 재정 제도를 검토하라는 것이었다. 제퍼슨의 주변 사람은 모두이 명령의 속뜻을 알고 있었다. 해밀턴의 '결점과 과실'을 찾아내라는 것이다. 하지만 제퍼슨의 책상에 도착한 보고서는 딱 잘라 다음과 같이 말하고 있었다. "지금까지 설계된 시스템 중 가장 완벽에 가깝습니다."

제퍼슨은 이 결론을 받아들였다. 그리하여 그는 해밀턴의 재정 제도를 실제로 적용하여 운영한 첫 번째 대통령이 되었다.

미국의 건국 공신 가운데 워싱턴을 제외하면 제퍼슨과 해밀턴의 대결 이야기가 큰 인기를 누리며 가장 많이 회자된다. 이 속에는 흡인력 있는 이야기의 핵심 요소가 들어 있기 때문이다. 바로 극적인 대조와 반전이다. 두 사람은 상반된 신념과 주장을 가지고 있다. 하지만 실제로 두 사람 손에 권력이 주어졌을 때, 해밀턴은 제퍼슨이 설계한 헌법을 집행했고, 제퍼슨은 해밀턴이 설계한 재정 제도를 집행했다. 두 사람은 대립에서 그치지 않고 번갈아 가며 서로의 손발이 되었다.

이러한 이야기는 사람들의 흥미를 끌어내는 데에서 그치지 않고 삶에 관한 여러 생각을 불러일으킨다. 우리는 하나의 이야기에서 개성, 신분, 운명, 제도, 책임 그리고 역사가 사람을 움직이는 방식에 대해 각자에게 맞는 교훈을 얻어 간다.

＊토머스 제퍼슨(Thomas Jefferson, 1743 - 1826)
미국의 제3대 대통령(1801 - 1809)이자 미국 독립선언문의 주요 기안자이며, 미국 건국 공신 중 가장 영향력이 컸던 인물이다. 제퍼슨이 바랐던 미국은 '농업으로 세운 나라, 경작자가 토지를 소유하는 나라'로, 해밀턴으로 대표되는 연방주의자의 견해와 정반대였다.

＊알렉산더 해밀턴(Alexander Hamilton, 1757 - 1804)
미국의 건국 공신이자 헌법 기안자 중 한 명이다. 재정 전문가로 미국의 초대 재무부장관을 지냈다. 해밀턴은 미국이 상업과 제조업의 나라가 되길 희망했다.

13

사진 속 인물에게 호기심 어린 질문을 던지면, 그 인물은 생동감 넘치는 이야기를 갖게 된다

사진의 역사가 시작되던 초기 무렵, 대표적인 사진 가는 거의 모두 프랑스인이거나 영국인이었다. 19세기 유럽 문명의 중심을 차지했던 또 하나의 나라인 독일은 사진의 역사에서 상대적으로 늦게 출발했으며 성과도 많지 않았다.

하지만 다행히 독일에는 아우구스트 잔더가 있었다. 잔더는 원대한 촬영 계획 하나를 위해 한평생을 바쳤다. 그의 야심과 성과와 영향력은 발자크의 『인간희극』☺을 따라잡을 정도다. 잔더의 계획은 '20세기 인간'이라 불린다. 20세기가 시작되기도 전에 잔더는 카메라 렌즈로 20세기의 시대상을 온전히 기록하고 드러낼 준비를 했다.

잔더의 방법은 단순하고 수수했다. 그래서 어려웠다. 그는 수십 년에 걸쳐 꾸준히 다양한 사람을 찍었다. 끊임없

☺ 『인간희극』은 프랑스 소설가 오노레 드 발자크가 19세기 프랑스 사회사를 묘사한 작품들의 집대성이다. 약 90편에 이르는 방대한 규모인데, 미처 완성하지 못한 작품이 60편 더 있었다고 한다. 프랑스 전국을 배경으로 하며, 남녀노소와 귀천을 구분하지 않고 약 2천여 명의 인물이 등장한다.

이 찍고 또 찍어서, 아주 많은 초상 사진을 모아 그것으로 '20세기 인간'을 나타내고자 했다.

그가 찍은 사람, 그가 모은 초상 사진이 아무리 많다고 한들 당연히 20세기의 모든 사람을 담아낼 수는 없었다. 잔더가 사진을 분류하는 기준은 주로 직업이었고, 만약 사진 한 장에 두 사람 이상이 함께 찍혔으면 그 관계를 기준으로 분류했다. 변호사, 철학자, 지휘자를 찍었고 부동산 중개인, 도살장의 수습공을 찍었다. 또 가정이나 정신병원, 맹청盲廳에서 찍은 단체 사진도 수두룩했다.

잔더는 19세기에 유행하던 분류법을 신뢰했다. 린네 분류체계로 동물계의 신비를 알아내는 데 성공했으니 같은 방법으로 한 발 더 나아가 인간의 현상을 정리하고 이해할 수도 있으리라고 믿었다. 그의 이상대로라면 동시대 사람이든 미래의 사람이든 그가 정성 들여 분류해 놓은 각 업종 종사자 사진을 통해, 20세기를 조감하고 20세기 인간의 삶에 깃들어 있는 비밀을 간파할 수 있을 것이었다.

오늘날 잔더가 남긴 작품을 살펴보면, 그의 이상처럼 정말 이 사진 너머로 20세기를 보고 그 시대를 파악할 수 있었다는 사람은 거의 없다. 그의 사진을 보면 저도 모르게 이런 의심을 품게 된다. 잔더의 분류에 근거가 있는 걸까?

그가 덧붙인 설명을 보지 않고도 우리가 사진 속 인물이 철학자인지 농부인지 식별할 수 있을까? 무엇보다도 깊은 인상을 남기는 것은 정장 차림의 부동산 중개인이 우리 머릿속의 성직자와 너무도 닮아 보이고, 모자를 쓰고 렌즈를 향해 미소를 지어 보이는 도살장의 수습공이 꼭 귀족의 후손이나 부잣집 자식 같다는 점이다.

잔더는 구체적인 인물로 추상적인 개념을 나타내는 분류법을 통해서 사진을 보는 사람이 20세기의 어떤 전반적인 진리를 포착할 수 있을 것이라고 여겼다. 그의 이상이 실현되었는가를 놓고 평가하자면 실패했다고 말해야 한다. 하지만 이러한 실패가 그의 작품이 가치 없음을 의미하는 것은 결코 아니다. 잔더의 초상 사진은 시간이 지나도 작품을 보는 모든 이를 끌어당기고 전율을 준다. 다만 우리가 본 것은 이 초상이 대표하는 추상적인 분류 기준이 아니라 사진의 모델이 남긴 삶의 구체적인 일부, 그 찰나의 광채가 암시하는 뒷이야기다.

잔더의 분류와 주석은 보는 이에게 추상적인 깨달음을 주지는 못했다. 대신 구체적인 삶의 이야기에 관한 호기심을 불러일으켰다. 각각의 사진을 보고 있노라면, 우리는 묻지 않을 수 없다. 어떻게 이런 사람이 도살장 견습공이 되었을까? 또 어떻게 저런 사람이 부동산 중개인이 되었을까? 여기 긴 의자 위에 나란히 앉아 있는 맹인 두 명의 사진이 있다. 잔더는 이 중 한 사람은 광부였고 한 사람은 군인이었음을 알려 준다. 사진 속 인물은 어쩌다 눈이 멀게 되었을까? 여기 잔더가 찍은 농부 세 사람이 흙길 위에 서 있다. 농부의 차림은 어째서 마치 각자 다른 시대에서 튀어나온 것처럼 다른 걸까?

이렇듯 마음속으로 사진 속 인물 이야기에 호기심 어린 질문을 던지는 동안, 우리는 어느새 잔더의 작품이 지니는 지고지상의 예술적 지위와 가치를 인정하게 된다.

14

비극적인 영웅의 실패담은 너그러운 동정과 이해를 얻는다

독일의 사상가 발터 베냐민은 그가 쓴 유명한 글 「이야기꾼」에서 '이야기'를 다음과 같이 간단명료하게 묘사했다. "이야기는 간접 경험이다." 여기서 베냐민이 강조하고자 했던 바는 다음과 같다. 이야기가 그토록 사람을 끌어당기는, 적어도 한때 그토록 사람을 끌어당겼던 이유는 이야기가 주변 일상에서 일어나지 않는 일을 말했기 때문이다. 하지만 동시에 이야기는 반드시 이야기꾼이나 이야기꾼이 아는 사람과 밀접한 관련이 있다. 그래서 단지 머나먼 몽상에 그치지 않고, 이야기를 듣는 사람의 공감을 이끌어낼 수 있었던 것이다.

어른은 『해리 포터』를 읽으며 그저 롤링이 이야기를 '잘 지어내고' 그녀가 '지어낸' 정거장, 학교, 퀴디치 경기가 흥미롭다고 생각한다. 하지만 『해리 포터』에 매료된 아이의 마음속에는 '지어내다'라는 개념이 없다. 호그와트 학교에서 일어나는 일에 울고 웃고 마음을 졸인다. 이때 아이의 마음은 더없이 진실하다. 이를 통해 우리는 베냐민이 말하는 '이야기 효과'가 온전히 이야기꾼이 어떤 이야기를 하는가에만 달려 있지 않음을 알 수 있다. 이야기를 듣는 사람이 어떤 마음가짐으로 이야기를 대하는가도 한몫한다.

1965년, 쿠바 총리 피델 카스트로는 농업 대중운동을 일으켰다. 쿠바의 전 국민이 사탕수수 생산에 열을 올리며, 국가 발전의 기반이 되어 줄 자당蔗糖 생산 늘리기에 모든 희망을 걸었다. 자당 생산량을 1년에 1천만 톤까지 끌어올리면 자당 수출로 얻은 이윤으로 소련에 진 빚을 상환할 수 있다고 보았다. 그렇게 되면 쿠바 경제는 소련의 자본 및 기술 원조에 의지하지 않아도 되었다.

하지만 농업 생산에는 사람의 의지와 힘으로 어찌할 수 없는 부분이 너무 많았다. 카스트로의 실험이 5년간 시행되고 나자 쿠바의 농업 부문 전반이 몰락할 위기를 맞았다.

결국 1970년, 카스트로는 텔레비전 방송 연설을 통해 온 국민 앞에서 자당 증산 계획이 실패했음을 인정했다. 1천만 톤의 자당도, 고액의 외환 수입도 없었다. 소련에 진 채무에서 벗어나 경제적 자주를 실현하는 일은 일어나지 않았으며, 가난과 의존 상태도 단기간에 해결될 수 없었다.

　카스트로는 자당 증산 계획의 과정 과정마다 들었던 생각, 기울인 노력, 애태웠던 마음을 세 시간 동안 쿠바 국민에게 낱낱이 꺼내 놓았다. 이때 쿠바인과 함께 텔레비전 중계를 처음부터 끝까지 지켜본 멕시코 여성 작가는 당시 상황을 다음과 같이 묘사했다.

　카스트로는 모두에게 자신의 생각을 이해시키고자 하는 결연한 의지를 가지고 있었다. 그는 한 가지 관념도 거듭 설명하며 자신의 사고 과정을 속속들이 상세하게 공개했다. 쿠바 섬에 그의 이야기를 제대로 이해하지 못한 사람이 한 명도 남지 않을 때까지, 모든 사람이 그 역정을 함께 걸어온 것처럼 느낄 때까지. 울림이 있는 수사, 물끄러미 바라보는 눈빛에는 마음을 끌어당기는 힘이 있었다. 실패를 인정하는 카스트로를 보고 있노라니 경기장 한가운데서 벌거벗은 채 맨주먹을 쥐고, 자신의 목을 노리는 사자의 공격을 기다리는 영웅을 보는 것 같았다. 세 시간 동안, 나는 카스트로의 무궁무진한 이야기와 그가 펼쳐 보인 거대한 고통에 파묻힌 채 기이하고 고요한 희열에 젖어 있었다.

카스트로의 고통은 진실했다. 쿠바 국민은 그것을 느낄 수 있었다. 카스트로는 '간접 경험'을 선사하고 훌륭한 '이야기꾼'이 됨으로써 자신의 정치 생명에 찾아온 대위기를 넘겼다. 실패는 미움을 산다. 하지만 비극적인 영웅의 실패담은 너그러운 동정과 이해를 얻는다.

15

만화 속에 압축된 이야기는 끊임없이 지면에서
튀어나와 독자와 소통한다

미국의 유서 깊은 잡지 『뉴요커』는 오늘날까지도 매호 백만 부 안팎의 발행 부수를 유지하고 있으며, 또한 80여 년 동안 인문 잡지로서의 전통 한 가지를 유지하고 있다. 바로 사진을 거의 싣지 않는 전통이다.

다른 인기 잡지가 모두 시각 효과를 강조하고 점점 더 많은 지면을 형형색색 사진으로 채울 때, 유난히 '사진을 아끼는' 『뉴요커』의 태도는 더욱 특이하게 보인다. 『뉴요커』는 파리의 최신 패션 트렌드를 소개하는 수만 자의 기사를 실을 때도 사진은 고작 한 장을 붙였다. 그것도 모델이 런웨이를 걸어가는 사진이 아니라, 디자이너를 찍은 흑백 사진이었다. 매주 한 편씩 싣는 영화 평론에도 스틸 한 장 들어가지 않는다. 그저 창의적인 삽화가 글자 사이를 꾸며 줄 뿐이다.

『뉴요커』가 이렇게 할 수 있는 이유는 물론 필진의 뛰어난 글 솜씨 덕분이다. 그리고 또 다른 이유가 있으니 『뉴요커』에 사진을 대체하기에 손색없는 시각적 무기가 있기 때문이다. 바로 한 컷짜리 만화다. 『뉴요커』에 실리는 스무 편 안팎의 만화는 이 잡지의 트레이드마크가 되었다.

이 한 컷 만화는 무척 창의적이며 소소한 재미를 선사한다. 간단한 장면과 몇 글자 되지 않는 대사로도 독자의 상상과 정서적 반응을 불러일으키는 효과를 낸다. 지난 잡지에서 몇 가지 예를 찾아보자. 2004년 9월 13일 호에 실린 만화 한 편에는 책가방을 멘 아이 둘이 걸어가며 대화를 나누는 모습이 그려져 있다. 한 아이가 말한다. "나는 방학때 '집안 여름 캠프'에 참가했어." 또 다른 만화에는 커다란 사무실 책상 뒤에 앉아 있는 개 한 마리가 등장한다. 개는 위엄 있게 전화를 들고, 비서인 듯한 수화기 저편의 상대방에게 말한다. "들어와서 내 꼬리 좀 쫓아다녀 주겠나?"

독자는 정지된 장면을 한참이나 들여다보게 된다. 만화가 독자의 상상력을 자극하기 때문이다. 만화를 보는 사람은 제한된 정보를 읽는 데 그치는 것이 아니라, 그림 바깥이나 그림 뒤편의 이야기를 읽어 낸다.

아이의 이야기는 다음과 같다. 대부분의 아이는 여름이면 각종 여름 캠프에 간다. 가을이 되어 개학을 하면 당연히 저마다 캠프에 다녀온 이야기를 하느라 떠들썩하다. 그런데 아무 데도 다녀오지 못한 가엾은 아이가 '집안 여름 캠프'라는 이름을 만들어서 대화에 끼고 있다. 개가 등장한 만화는 어떤 이야기를 가지고 있을까? 사장은 비서에게 공사를 구분하기 어려운 일을 요구하곤 하며, 게을러진 나머지 당연히 스스로 해야 하는 일까지 비서에게 시키기도 한다. 그래서 만약 개가 사장이 된다면 자기 꼬리를 쫓아 빙빙 도는 일까지 비서에게 미룰 것이라며 꼬집은 것이다.

또 다른 만화 한 편을 살펴보자. 조폭 두목처럼 보이는 사람이 컴퓨터 화면에 대고 총을 겨누고 있다. 그 옆에는 이렇게 적혀 있다. "한 번만 더 체면 구기게 하면 쏜다, 철자 검사!"

우리는 금세 일이 이렇게 되기까지의 과정을 상상할 수 있다. 조폭 두목은 컴퓨터로 타자를 치고 있었을 것이다. 분명히 몇 글자 입력하지도 않았는데 자동 철자 검사기가 작동해 그에게 철자를 잘못 썼다고 일깨워 주었으리라. 한 번, 두 번, 세 번 같은 일이 반복되자 화가 머리끝까지 난 두목은 가장 익숙한 방식으로 대처했다. 총을 꺼내 들고 컴퓨터에 최후통첩을 한 것이다. 이러한 과정을 생각하면 조폭 두목의 군색한 모습에 웃음이 터지고 만다.

한 편 한 편의 만화에 압축되어 있는 이야기가 자연스럽게 독자의 마음속에서 펼쳐지고 복원되는 것이 『뉴요커』의 만화가 성공을 거둔 비결이다. 이렇듯 만화 속에 압축된 수많은 이야기는 끊임없이 지면에서 튀어나와 독자의 상상력과 참여를 이끌어 낸다. 이는 겉으로 보기에는 알록달록하지만 이야기가 결여된 사진보다 훨씬 다채로운 재미를 선사한다. 그러니 『뉴요커』에는 사진이 없어도 괜찮다. 이 잡지는 단순한 시각 효과가 아닌 풍부한 이야기를 통해 독자와 깊이 '소통'한다. 이 잡지는 무엇과도 바꿀 수 없는 깊은 공감과 감정을 끌어냈고, 한 세기 가까이 끄떡없이 존립할 수 있었다.

＊『뉴요커』(New Yorker)
미국의 지식 및 문예 부문 종합잡지로, 창간호는 1925년 2월 21일에 발행되었다. 내용은 시사, 문예 평론, 산문, 만화, 시, 소설 및 뉴욕 문화생활 동향 등을 아우른다. 시사 전문 잡지가 아닌데도 미국과 국제 정치·사회의 중대 사건에 관한 심도 있는 보도로 이름이 높다. 『뉴요커』에서 다루는 내용에 뉴욕 현지의 문화생활에 관한 평론과 보도가 적지 않은데도 꼼꼼한 제작으로 뉴욕 바깥의 독자도 다수 거느리고 있다.

(16)

가능성, 이것이 바로 청중을 끌어당기는 이야기의 핵심이다

괴테의『파우스트』는 인간과 악마의 이야기를 그린 작품이다. 적나라한 묘사로 무려 한 세기 동안 유럽을 풍미했으며, 지금도 여전히 읽히는 중요한 고전이 되었다.

『파우스트』가 사랑받는 이유는 바로 괴테가 그린 악마의 모습이 우리가 상상하던 악마와 너무나 달랐기 때문이다. 괴테는 교묘한 솜씨로 밉살스러우면서도 귀여운 악마 이미지를 만들었다. 작품 속의 악마를 본 독자는 악마를 무서워하거나 얼른 책을 덮어 멀찍이 밀어내고 싶어지는 게 아니라, 도리어 흥미가 생기고 궁금해진다.

가령, 작품에는 주인공 파우스트가 등장하기에 앞서 '천상의 서곡'이 나온다. 서곡 첫머리에 라파엘, 가브리엘, 미카엘 대천사가 번갈아 등장해 신의 업적을 우러르며 찬상한다. 라파엘은 말한다. "그 불가사의하고 숭고한 업적/천지창조의 그날처럼 장엄하여라." 가브리엘은 이렇게 말한다. "또한 빠르게, 상상할 수 없을 만큼 빠르게/ 장려한 대지는 그 주위를 돌고 돌며/ 천국인 양 밝은 대낮이/ 깊고 무시무시한 밤과 자리를 바꾼다." 미카엘은 한술 더 뜬다. 그는 먼저 폭풍의 광란을, 이어서 번쩍이는 번갯불을 묘사한다. 하지만 이러한 재난 현상도 모두 신이 하신 일이기에 "주여, 당신의 사자들은/ 온화하게 지나가는 당신의 나날을 찬미하나이다"라고 말한다. 이어서 대천사 셋이 한목소리로 노래한다. "당신의 지고한 업적은 모두/ 천지창조의 그날처럼 장엄하나이다."

천사의 뒤를 이어 악마가 등장한다. 악마는 천사처럼 신을 찬미하고 칭송하는 말을 할 수가 없었다. 대신 시작부터 기탄없이 이렇게 털어놓는다. "태양이니, 세계니 하는 것에 대해선 할 말이 없어요./ 내 눈에는 그저 인간들이 괴로워하는 모습만 보입니다." 그가 신을 찬미하지 못한 것은 신이 창조한 세계가 결코 완벽하지 않았기 때문이다. 신이 자신의 형상대로 만든 인간이 가장 좋은 예다. 인간은 지능을 가졌으나 바로 이 지능 때문에 욕망을 갖게 되었고, 욕망으로 인해 스스로를 다른 어떤 동물보다 우매한 존재로 만들었다. 그러고는 우매함이 초래하는 고통 속에서 살아간다. 인류의 운명을 이렇듯 이상하고 황당하게 만들어

놓은 신이 어떻게 전지전능한 존재란 말인가?

그의 말을 들은 신은 불편한 기색이 역력했지만 악마는 아랑곳하지 않았다. "인간의 비참한 꼬락서니가 어찌나 딱한지/ 나 같은 악마도 그 가엾은 자들을 괴롭히고 싶지 않다니까요." 아, 인류의 비애가 얼마나 극심하면 악마마저 차마 우리를 괴롭히지 못하겠다고 말할까!

짧은 대화에서도 악마라는 캐릭터가 더할 나위 없이 뚜렷하게 드러난다. 악마는 신과 대립한다. 하지만 허울 좋은 찬가를 불렀던 몇몇 천사에 비하면 악마는 솔직하고 용감하고 무엇보다 인간에게 마음을 쓰며 인간 가까이로 다가간다. 천사는 인간에게 큰 재해인 폭풍이며 화재까지도 모두 신이 창조한 놀라운 하늘의 질서라고만 생각한다. 악마는 인류의 고통스러운 처지를 못 본 체하지 못하고, 고통에 관해 신에게 따져 묻는다.

괴테가 그린 천사와 악마는 전통적인 이미지에 부합한다. 천사는 선으로 충만하고, 악마는 악을 지니고 있다. 하지만 괴테는 교묘하게 손을 써서 독자가 천사의 선은 멀게, 악마의 악은 친근하게 느끼도록 만들었다. 여기서부터 독자의 이목은 이야기 속 악마에게 집중되고, 천사는 더 이상 등장할 필요가 없어진다.

악마를 천사의 모습으로 바꾸지 않고도 괴테는 악마에게 새로운 캐릭터를 부여했고, 그 순간 이야기가 펼쳐질 드넓은 공간이 열렸다. 인간과 악마의 관계가 기존의 틀을 벗어나 다양한 형태로 발전할 수 있는 가능성이 열린 셈이다. 가능성, 이것이 바로 청중을 끌어당기는 이야기의 가장 중요한 요소다.

＊『파우스트』(Faust)

『파우스트』는 무려 12,111행에 달하는 시극으로, 괴테는 60여 년에 걸쳐 이 작품을 썼다. 1부는 막을 나누지 않은 25장으로 이루어져 있으며 2부는 5막 27장이다. 독일의 민간 전설을 소재로, 르네상스 이후의 독일과 유럽 사회를 배경으로 삼았다. 이야기는 일관된 줄거리가 아니라 파우스트의 생각의 발전과 변화를 중심으로 전개된다. 괴테는 1808년 프랑스군이 침략해 왔을 때 1부를 완성하고, 2부는 1831년 여든셋의 고령이 되어서야 비로소 완성했다. 이 작품은 신흥 자산계급의 선진적 지식인이 현실에 품은 불만을 토로하고 있으며, 삶의 의미와 사회의 이상을 절박하게 탐색하는, 현실주의와 낭만주의가 결합된 시극이다.

이야기꾼은 진짜 같은 이야기로 어떤 효과를 만들어 낼지 숙고해야 한다

왕딩쥔王鼎鈞⊛의 회고록 『문학강호』에는 1949년 7월 평후에서 발생한 '옌타이연합중학교 간첩 조직 사건'이 애통하게 기록되어 있다. 이 학교는 산둥에서 온 망명자 자녀가 다니는 학교로, 왕딩쥔의 여동생과 남동생도 망명자 학교의 팔천자제八千子弟에 포함되어 있었으나 다행히 사건에 연루되지는 않았다. 하지만 이 사건으로 백여 명의 학생이 체포되었고, 마지막에는 교장 두 명과 학생 다섯 명이 총살형을 받았다.

사건의 발단은 평후 방위사령부가 학업을 계속해야 할 학생들을 보병단에 편입시킨 것이었다. 규정에 어긋나는 조치에 교장과 학생 모두 반발했고, 교장은 타이베이에 이 사건을 호소하고 구제를 요청했다. 그러자 평후 방위사령부는 스스로를 방어하고 문제를 해결하기 위해 간첩 사

⊛ 타이완의 작가. 산둥성에서 태어났으나 1949년 국민당의 패배와 함께 타이완으로 이주했다. 산문, 시, 소설, 극본, 평론을 두루 쓴다. 한때 팡이즈(方以直)라는 필명을 쓰기도 했다. 그는 1992년부터 2009년에 이르기까지 17년에 걸쳐 근대 중국인의 삶이 반영된 회고록 4부작을 냈다. 『문학강호』(文学江湖)는 이 회고록 4부작 중 제4부다.

건을 '만들어' 냈다.

사건을 '만드는' 것은 마치 글을 짓는 것과 같아서, 우선 구
상을 해야 한다. 사령부의 구상은 바로 옌타이연합중학교
에 방대한 간첩 조직이 있으며, 그들이 산둥의 망명자 학
생들을 선동해 군대 창건을 훼방했다는 것이었다.

사건을 '만드는' 것은 마치 작문과 같아서, 소재가 갖추어
지면 배치를 해야 한다. (……) 수사요원은 학생 다섯 명을
골라 각각의 재능, 외모, 성격에 따라서 역할을 나눴다. 작
문 성적이 우수했던 학생은 중국 공산당 선전을 맡아 글
을 지었다고, 몸집이 건장하고 훤칠한 학생은 중국 공산
당이 지휘하는 폭동에 참여했다고, 문약해 보이는 학생은
가장 먼저 잘못을 뉘우치고 자백했다고 했다. 이렇게 해
서 이들 다섯 명이 옌타이 신민주주의 청년단의 분단장이
되었다. (……) 각각의 분단에는 당연히 단원이 있어야 했
다. 분단장 다섯 명은 누가 자신의 단원으로 그럴싸한지
생각했다. 만약 아무리 생각해도 떠오르는 사람이 없다
면, 수사요원이 자신이 가진 정보 자료에서 명단을 제공
했다. 증거는? 당시 간첩 사건을 다룰 때는 수사요원이 작
성한 진술에 누군가가 지문을 찍기만 하면 명백한 증거가

되었다.

사건은 이렇게 만들어졌다. 중간에 국민대회⊛ 대표가 장제스에게 억울함을 호소했고, 장제스 역시 사람을 보내 한참 동안 사건 기록을 검토하게 했다. 결론은 처분이 모두 합법이라는 것이었다. 판결을 뒤집을 기회는 주어지지 않았다.

왕딩쥔은 이 사건이 '사법' 영역이 아니라 '예술' 영역에 속한다고 탄식했다. 사령부는 실존하는 사람과 그 실제 성격을 엮어서 완전히 거짓된 것을 날조해 냈다. 거짓이 악한 영향을 발휘할 수 있는 까닭은 그 속에 진실의 재료가 들어 있어 거짓처럼 보이지 않기 때문이다.

이러한 일은 참을 수 없는 분노를 자아내는 한편, 이야기의 힘과 이야기의 힘을 구성하는 핵심 요소를 말해 준다. 설득력을 가진 이야기에는 반드시 진실한 재료가 있다. 어떤 사람이 어떠한 일을 할 법하다는 느낌이 들 때는 반드시 실존 인물과 상황, 명확한 논리가 바탕이 된다. '진실'의 요소를 고려하지 않으면 이야기는 믿음을 얻기 어렵다.

또 이러한 일은 이야기의 도덕적 본분을 설명해 준다. 이야기는 진실과 거짓 사이를 넘나들 수 있으며, 진실을 보

⊛ 타이완의 정부 조직 중 하나로, 국민의 선거로 선출된 대표들로 구성된다.

태어 진짜 같은 가짜 결과물을 만들 수도 있다. 그렇기 때문에 이야기꾼에게는 진짜 같은 이야기로 어떤 사람을 매혹할 것인지, 어떤 효과를 만들어 낼 것인지를 숙고할 책임이 있다. 이야기가 듣는 이를 믿게 만들고 깊이 감동하게하는 것 말고도 어떤 실질적인 영향을 가져다주는지를 고려해야 한다.

　'옌타이연합중학교 간첩 사건'을 조작한 자들은 이야기를 꾸미는 데 어떻게 그렇게 능숙할 수 있었을까? 그 시대에 아주 많은 소설을 읽고, 진짜 같은 연극을 아주 많이보았기 때문이 아닐까? 바꾸어 말하면, 사건 조작자는 삶을 통해 충분한 '이야기 훈련'이 되어 있었지만 그에 값하는 '이야기의 책임'은 없었기 때문에 자신이 가진 이야기만드는 재주로 사람을 해칠 수 있었던 것이 아닐까.

4

이야기에 대한 호기심 되찾기

(1)
호기심은 우리를 이야기 가까이로 이끌어 준다

2004년 도쿄 오모테산도에 문을 연 토즈Tod's의 쇼핑 몰 겸 사무실은 이토 도요가 설계를 맡으면서 일본인에게 더욱 친근하게 다가갔다.

토즈가 처음 일본에 들어왔을 때는 브랜드 이름이 제이피토즈J. P. Tod's로 좀 더 길었다. 몇 년이 지나자 제이피는 사라지고 토즈만 남았다. 이러한 변화는 일본 패션계에 작지 않은 파문을 일으켰다. 잡지 기사가 나간 후 예의 바르고 다정한 많은 일본인이 토즈 본사에 위로 편지를 보냈다. "설립자 제이피 선생이 세상을 떠나셨나요?"

토즈 본사는 일본 대중의 따뜻한 문의에 감사했다. 하지만 제이피 선생과 직접 관련된 이야기는 한마디도 하지 않았다. 사실 할 수 있는 말이 없었다. 제이피 토드라는 사람은 애초에 없었기 때문이다. 토즈라는 브랜드 이름 역시 성이 토드인 어떤 사람이나 일가가 설립한 것이 아니었다.

이 브랜드의 사장은 이탈리아 사람 디에고 델라 발레로, 전통 제화공 집안 출신이었다. 그의 성은 델라 발레다.

그렇다면 토즈라는 브랜드 이름은 어디서 따왔을까? 델라 발레가 미국 보스턴의 전화번호부를 뒤적이다 찾아냈다고 한다. 때는 1970년대로 미국에서 이탈리아 브랜드가 넘쳐나기 시작했고 동시에 일본 시장이 뜨고 있었다. 고급 패션 브랜드는 하나둘씩 도쿄를 다음번 주요 목표 시장으로 삼고 조직을 재편해 나갔다. 보스턴의 전화번호부를 펼쳤을 때 델라 발레의 머릿속에는 분명한 목표가 있었다. 그는 '이탈리아스럽지 않은' 이름을 찾고자 했다. 어딘가 영국 귀족을 연상시키면서 미국 느낌이 나는 이름이면 더욱 좋았다. 무엇보다 중요한 것은 반드시 일본인도 편하고 정확하게 발음하고 기억할 수 있을 만큼 단순해야 한다는 사실이었다. 그리고 그렇게 찾아낸 이름에 어울리게 브랜드 로고에 사자 두 마리를 그려 넣어 왕실 귀족을 더욱 또렷하게 떠올리도록 만들었다.

실제로 델라 발레의 전략은 성공을 거두었다. 남들은 늘 하던 대로 패션 산업에서 이탈리아가 차지하는 지위를 앞세울 때, 델라 발레는 반대로 이탈리아인이라는 자신의 신분을 숨기고 소비자가 브랜드의 뒷이야기를 상상할 수 있게 만들었다. 이탈리아 패션 브랜드는 우위를 점할 수는 있겠지만 한계도 있다. 너무 순탄하고 뻔하다는 점이다. 모두가 익숙하게 받아들이는 것에는 그만큼 달리 생각할 수 있는 여지가 많지 않다.

토즈가 정말 이야기를 지어낸 것은 아니었다. 회사는 제이피 토드가 어떤 사람인지, 디자인이나 경영에 어떤 혁혁한 공을 세웠는지 꾸며 낸 적이 없었다. 토즈는 사자 두 마리에 무슨 사연이 있는지도 설명하지 않았다. 소비자에게 제공한 것은 이야기에 관한 암시였다.

이러한 암시는 우리가 스스로 상상하여 이야기에 참여하고 이야기를 실감할 수 있도록 독려한다. 대부분의 경우 고객은 그저 어렴풋이 자신이 토즈를 통해 어떤 사람, 어떤 전기적 이야기와 이어져 있는 느낌을 받는다. 그러다가 어느 날 변화를 발견한다. 어, 원래는 제이피토즈였는데, 왜 제이피가 사라졌지? 그때는 참지 못하고 이야기의 전말을 찾아 나서게 된다.

소비자는 알고자 했던 이야기를 찾지 못했다. 상관없다. 사실 현대를 살아가는 우리에게 부족한 것은 진실한 혹은 지어낸 이야기가 아니라, 이야기에 관한 호기심이다. 호기심이 이야기보다 먼저다. 호기심은 자기 삶의 경험과 전혀 다른 사물을 믿기 위한 준비다. 이러한 태도는 우리를 이야기 가까이로 이끌어 주고, 이야기를 받아들이도록 마음을 열어 준다. 어떤 경우에는, 사실 아주 많은 경우에는 정작 이야기의 전말을 알게 되었을 때 오히려 이야기가 뿜어내던 오라가 깨지기도 한다. 세속에 물든 현대인이 습관적으로 보이는 반응은 이런 것이다. "진짜야? 그게 가능해?" 아니면 "에이, 고작 그런 거였어!"

이야기에 관한 호기심과 상상력을 간직하기가 이야기를 알아내는 것보다 더 중요하고 더 어렵다.

이토 도요 역시 토즈의 오모테산도 지점을 설계하며 이야기 한 편을 선사했다. 건물 부지는 다소 좁은 편이었다. 이런 경우 전면을 유리로 둘러 넓어 보이는 효과를 내는 것이 일반적이다. 하지만 이토 도요는 콘크리트로 골격을 만들고, 그 사이사이에 유리를 끼워 넣었다. 총 270장의 유리가 사용되었는데 유리 모양이 다 달랐다. 그렇게 만들어진 콘크리트 틀과 유리의 조합은 추상적으로도 구체적으로도 나뭇가지의 형상이었다. 건물의 모습은 오모테산도에 가득 늘어선 자작나무와 어우러져, 멀리서 보면 마치 커다란 나무 그림자가 건물 위에 드리워진 것 같았다.

이야기나 이야기에 관한 상상이 더해지면 브랜드는

더 이상 단순한 브랜드가 아니고 건축물은 더 이상 단순한 건축물이 아니다. 브랜드나 건축물은 이토 도요가 한 말처럼 "살아 숨 쉬는 듯한 강한 힘"을 가지게 되고 "유기적인 것의 아름다움"을 드러낸다.

---

*이토 도요(伊東豊雄, 1941-)
국제적으로 주목받는 일본의 건축가. 2001년 완성한 센다이 미디어테크는 '신세기 건축의 대표작'으로 칭송되며 순식간에 세계 건축계에 이토 열풍을 일으켰다. 주요 작품으로는 센다이 미디어테크, 토즈 오모테산도 빌딩, 도쿄의 화이트 유(White U), 옛 자택인 실버 헛(Silver Hut), 요코하마의 바람의 타워 등이 있으며, 이 밖에도 세계 각지에 수많은 건물을 설계했다.

각각의 건축물은 저마다의 이야기를 품고 있다

1911년, 미국 뉴욕 5번가에 뉴욕 공립 도서관이 개관했다. 그 시절에는 시민이 무상으로 이용할 수 있는 공립 도서관을 짓는다는 사실이 전위적이라고 할 만큼 생경한 일이었다. 건물 설계를 맡은 토머스 헤이스팅스Thomas Hastings는 명석한 대책을 세웠다. 공립 도서관이라는 개념이 너무 새로우니, 그 건물은 반드시 오래된 것이어야 했다. 낡은 건물처럼 보이도록 짓겠다는 의미는 물론 아니었다. 이용자에게 이 건물이 익숙하고, 친근하고, 어디가 어딘지 훤히 안다는 느낌을 주어야 했다. 한 가지 더, 공공 자원으로 운영되는 공립 도서관이 정당성을 확보하려면 건물 자체에 책을 통해 문명의 유산과 현대적 지식을 얻는 일의 엄숙함과 고귀함이 배어 있어야 했다.

헤이스팅스가 설계한 건물은 과연 엄숙하고 고귀했다. 입구에는 듬직하게 문을 지키는 거대한 돌사자 두 마리까지 있었다. 누가 보아도 지난날의 유럽 왕족과 관련이 있는 건축물이었다. 도서관이 개관한 뒤 오래지 않아 뉴욕 시민은 곧 이 건축물이 상징적으로 의미하는 바를 이해하고 받아들이게 되었다. 예전에는 신분이 사람을 고귀하게 했지만, 지금은 지식이 사람을 고귀하게 한다. 예전에는 왕족과 귀족을 위해 존재했던 궁전풍의 공간이 지금은 책을 보관하는 곳으로 쓰이고, 게다가 독서를 사랑하고 지식을 동경하는 모든 사람에게 열려 있다. 도서관에 들어서면 세속을 초월한 특별한 신분을 얻게 되는 것이다.

헤이스팅스는 현대에 책과 지식이 갖는 지위를 높이는 데 그치지 않고, 책을 찾고 지식을 탐구하는 행위 자체를 새로운 경험으로 만들고자 했다. 아주 넓고 모두에게 열려 있는 섬세하고 정교한 건축물 안에서 책을 찾고, 책 속에서 답을 찾아낸다니, 이 얼마나 존엄한 일인가!

한 세기 가까운 시간이 지난 뒤 시애틀에 새로운 도서관이 지어졌다. 건축가 렘 콜하스는 전면을 유리로 덮고 그 위에 수많은 선이 교차된 기하학적 건물을 설계했다. 건물은 네 덩어리로 딱딱 나뉘어 있는데, 마치 거대하고 투명한 책 네 권을 입체적으로 포개어 놓은 듯한 모습이다. 중간층(6-9층)에 있는 개방형 서가는 나선형으로 배치되어 층층

이 나뉘지 않고 죽 이어져 있다. 위층에 있는 열람실은 유리로, 바꾸어 말하면 시애틀 거리의 풍경과 멀리 바닷가 경치로 둘러싸여 있다. 입구에는 넓은 홀이 하나 있는데, 콜하스는 그곳을 '거실'Living Room이라고 이름 붙였다.

이 공공 도서관과 뉴욕의 오래된 건축물은 겉보기엔 완전히 다르다! 하지만 두 건물은 같은 이치에 근거해 지어졌으며, 같은 논리를 따르고 있다. 두 도서관은 지역의 랜드마크와도 같은 중요한 건축물이 되었다. 콜하스의 설계는 책과 책 읽기의 새로운 위상에 충실했다. 책은 새로움을 잃은 지 오래였다. 독서는 진부하고 무료한 활동으로 간주되고, 텔레비전, 컴퓨터, 휴대전화가 책을 대신해 생활 속에서 가깝고 익숙한 물건으로 자리 잡았다. 그렇기 때문에 콜하스는 책과 생활의 거리를 좁히면서도 책을 찾고 책 읽는 일을 새로운 경험으로 만드는 방법을 생각해 낸 것이다.

헤이스팅스는 책을 엄숙하고 고귀한 것으로, 콜하스는 책을 활기 있고 통통 튀는 것으로 만들었다. 두 사람 모두 건축이라는 영역에서 설계에 착수한 것이 아니라, 대량의 책을 보관하는 건축물을 통해 시민에게 어떤 의미를 전달할지를 섬세하게 숙고했다. 이 의미의 근원은 바로 책, 더 깊게는 책을 대하는 뉴욕과 시애틀 시민의 직관적인 느낌이었다. 이렇게 설계된 건축물은 단순한 건축물이 아니라 시민이 즐거이 받아들이는 생활 콘텐츠다.

＊렘 콜하스(Rem Koolhaas, 1944 -)
네덜란드의 건축가. 로테르담 출신이며 한때 기자 생활도 하고, 영화 시나리오도 썼다. 1975년 그는 런던에 젱겔리스 부부, 마델론 브리에센도르프와 함께 도시건축 사무실(OMA: Office for Metropolitan Architecture)을 열었다. 나중에 OMA의 본사는 로테르담으로 이전했다. 현재 렘 콜하스는 OMA의 소장이자, 하버드 대학교 디자인대학원 건축·도시계획 학과 교수다.
콜하스는 2000년에 프리츠커상을 수상했다. 그가 설계한 시애틀 공공 도서관은 『타임』지에서 선정한 2004년 최고의 건축상을 받았고, 2005년에는 미국건축사협회에서 주관하는 우수 건축설계상을 받았다.

(**3**)

책을 쓰고 책에 그림을 그리고 책을 출판하는 과정 하나하나에도 이야기가 담겨 있다

2003년 3월, 경매시장에 오래된 책 한 권이 등장했다. 서양 박물관과 수집가가 즉각 달려들었고, 얼마간의 줄다리기 끝에 이 책은 880만 달러에 팔렸다.

무슨 책이기에 이렇게 비싼 걸까? 바로 존 제임스 오듀본의 『북미의 새』이다. 1830년대에 출판된 이 책의 간행부수는 단 170권이다. 수량이 매우 적기 때문에 한 권 한 권이 희귀본으로 취급되고, 각 권의 소장처가 거의 모두 기록되어 있다. 현재까지 확인된 바로는 109권이 전해지고 있다. 『북미의 새』는 그림책으로, 오듀본이 그린 새 그림이 총 435장 들어 있으며 책 크기도 무척 크다.

미국에서는 대형 그림책을 흔히 '커피 테이블 북'이라고 부른다. 응접실 찻상 위에 펼쳐 놓고 읽기에 알맞기 때문이다. 오듀본의 책은 생김새로는 '커피 테이블 북'이라고 할 수 있지만, 어느 집이건 커피 테이블 위에 함부로 이

책을 올려놓지 않는 편이 좋다. 무려 90킬로그램에 달하는 『북미의 새』의 무게를 견딜 만큼 튼튼한 커피 테이블은 극히 드물 테니까.

오듀본은 자신이 그린 새가 대자연에서의 실물과 같은 크기여야 한다고 고집했다. 그나마 다행인 것은 그가 말하는 '새'가 숲이나 들에서 일반적으로 볼 수 있고 잡을 수 있는 종이고, 콘도르 같은 새는 포함되지 않았다는 점이다. 그렇지 않았다면 이 책은 출간되어 빛을 볼 기회가 없었을지도 모른다. 이런 책에 투자하겠다는 사람을 구하기 위해 오듀본은 미국에서 영국까지 건너가며 분투했고, 겨우 후원 독자를 채울 수 있었다. 이렇게 해서 초판이 인쇄되었다. 제작 과정의 한 단계 한 단계가 모두 인쇄의 역사에 기록될 파격적인 성과였다.

오듀본은 섬세한 붓놀림과 다채로운 색감으로 역동적인 새를 그려 냈다. 무엇보다 그림마다 이야기가 살아 움직이며 보는 이의 상상력을 일깨운다. 가장 유명한 것은 북미의 앵무새를 그린 그림이다. 노란 꽃이 만개한 나뭇가지 사이에 둥지 하나가 숨겨져 있고, 놀라서 허둥거리는 앵무새 다섯 마리가 둥지 주변을 맴돌며 날고 있다. 자세히 보면 둥지 안에 뱀 한 마리가 들어가 있다. 꽃잎 사이로 어른

거리는 뱀의 꼬리를 보니 무시무시한 방울뱀이다. 방울뱀은 작은 새 한 마리를 향해 입을 벌리고 있고 다른 새들은 놀라고 겁에 질려 있는데, 한 마리가 뱀의 바로 뒤에서 날카롭고 단단한 부리로 쫄 태세를 하고 있다!

이런 그림을 보고 아무렇지도 않을 수 있는 사람은 드물 것이다. 오듀본의 그림은 보는 이에게 깊은 인상을 남긴다. 오듀본의 책이 오랜 시간 동안 어마어마한 가치를 창출할 수 있었던 것은 바로 이야기 덕분이었다. 그가 책을 쓰고 책에 그림을 그리고 책을 출판하는 과정 하나하나에도 이야기가 담겨 있다. 가령 그는 대낮의 태양마저 가릴 듯한 북미의 비둘기 떼를 만난 적이 있다. 모든 새가 머리 위를 지나가는 데 무려 두 시간이 걸렸다. 비둘기 떼의 배설물이 비처럼 쏟아졌고, 지면은 온통 새똥으로 하얗게 물들었다. 오듀본이 간단한 방법으로 재빨리 셈해 보니 새 떼는 최소 1억 마리였다! 게다가 그가 그린 새는 모두 화폭을 뚫고 나와 보는 이가 궁금해할 이야기를 조잘거린다. 이것은 '이야기가 가치를 창조한' 훌륭한 예다.

훗날 다른 북미의 동물학자가 관찰과 연구를 통해 사실 방울뱀은 나무 위로 잘 기어 올라가지 않으며, 더군다나 앵무새를 먹잇감으로 삼지 않는다는 사실을 알아냈다. 그렇다. 오듀본의 그림은 대자연의 실제 광경이 아니라, 앵무새와 방울뱀을 출연자 삼아 화폭 위에 창조해 낸 허구의 이야기였다. 하지만 그의 붓놀림과 구상은 앵무새와 방울뱀의 형상에 근사하게 어울리고, 드라마틱한 동물 세계의 이야기를 기대하는 이의 바람에는 완벽하게 맞아떨어진다. 그렇기 때문에 그의 이야기에는 풍부한 감동과 가치가 담겨 있으며, 그 감동과 가치는 시간이 흘러도 바래지 않고 오히려 더 짙어진다.

(4)

**예술 작품을 통해 우리는 쉽게 지나치는 진실한 삶,
진실한 시공, 진실한 이야기에 주목한다**

1995년 1월, 세상을 얼릴 듯 추운 날씨에 일찌감치 땅거미가 깔리는 뉴욕의 겨울 저녁이었다. 7시 즈음, 롱아일랜드의 허드슨 강변에 있던 두 소녀는 다리 위에서 강물로 뭔가 떨어지는 소리를 들었다. 자세히 보니 사람인 듯한 무언가가 강어귀를 향해 천천히 떠내려가고 있었다. 당시 허드슨 강물은 얼어붙기 직전의 온도였다.

이튿날 아침, 물 위로 떠오른 익사체가 발견되었다. 일반적인 익사자와 달리 시신은 얼굴이 위로 향해 있었고, 양손을 포개어 가슴 위에 올려놓은 채 물 위에 떠 있었다. 쉽게 잊히지 않을 것만 같은 지극히 평안한 모습이었다. 곧 건져 올린 시체가 레이 존슨이라는 사실이 밝혀졌다. 그의 주머니에는 1,600달러가 들어 있었다.

레이 존슨은 행위 예술가였다. 그는 작은 콜라주 작품을 많이 창작했다. 하지만 그의 그림은 팔기 위한 것이 아

니었다. 작품이 완성되면 존슨은 그림을 편지봉투에 넣었다. 그리고 편지를 받는 사람이 이 그림을 다시 다른 어딘가로 전송해 주길 바란다는 당부의 말과 함께 아무 데서나 베껴 온 주소를 적어서 부쳤다. 존슨의 예술 작품은 그림이 아니라, 그림이 이 사람에게서 저 사람에게로 전송되며 사람들 사이를 전전하는 현상이었다.

존슨은 또 수천 장의 초대장을 부친 적도 있다. 그림 전시를 보러 오라는 초대장이었지만 초대장에 적힌 갤러리는 애초에 존재하지 않았고 당연히 그런 전시회가 존재할 리도 없었다. 이 또한 존슨이 추구하는 예술의 일종이었다. 이런 초대장이 우리 일상에 일으키는 변화를 상상했던 것이다. 외출을 위해 단장하고, 존재하지 않는 갤러리, 세상에 없는 전시회를 찾아 출발하는.

그는 '병 편지' 놀이를 하기도 했다. 종종 쪽지를 담은 병을 강에 던졌고, 증기선에 올라타 무엇이 들었는지도 모르는 소포를 손 가는 대로 집어 물에 빠뜨리기도 했다.

강물에 몸을 던지던 그날 오후에 존슨은 오랜 친구 한 명에게 전화를 걸어 '배달' 퍼포먼스를 할 거라고 말했다. 그보다 조금 더 앞서 다른 친구에게 쓴 편지에서는 아주 중요한, 최후의 예술 작품을 준비하고 있다고 언급했다.

이 작품이 바로 레이 존슨 자신의 단정한 시체가 조수와 물결에 떠밀려 '배달'되는, 어느 누구도 따라할 수 없는 광경이었음은 자명하다. 자기 삶의 종결이자 마지막 예술 작품이었다. 레이 존슨은 언제나 현대 예술의 가장 열렬한 신봉자였다. 그는 예술과 삶이 하나라고 믿었다. 예술은 삶을 드러내는 도구가 아니라 삶 자체가 예술이며 예술은 삶 속에서만 드러날 수 있다고 말이다.

옛날에 예술은 삶의 어떤 단편적인 이야기를 포착하고 각색해서 여러 가지 장르로 표현했다. 하지만 20세기에 크게 일어난 현대 예술은 삶과 예술을 다른 성질, 다른 영역으로 간주하는 구분을 거부했다. 현대 예술가는 예술이 삶 한가운데서, 삶 자체를 통해서 표현되어야 한다고 생각했다. 삶 또한 그 자체로 예술적 의미를 지녀야 하며, 예술적 의미는 삶 바깥에 있는 것이 아니라고 생각했다. 프랑스의 전위 예술가 마르셀 뒤샹이 평범한 변기를 미술관에 전시한 것도 이러한 의도였고, 자신의 시체가 특정한 자세를 취한 채 특정한 물의 흐름을 따라 떠밀려 오도록 안배한 레이 존슨 역시 이러한 의도를 가지고 있었다.

현대 예술가에게 작품이란 더 이상 삶의 이야기를 받아 적고 옮겨 적는 것이 아니었다. 눈에 보이고 해석이 가능한 예술 작품은 삶의 진실에 접근하는 일종의 단서일 뿐이다. 이들은 보고 감상하는 작품을 만들려 하지 않았다. 예술 작품을 통해 우리가 평상시 주의 깊게 보지 않았던 진실한 삶, 진실한 시공, 진실한 이야기에 주목하길 바랐다.

레이 존슨의 이야기를 이해하면 허드슨강의 시체는 그저 시체가 아닌 의미 있는 예술 작품이 된다.

(5)
이야기에는 다른 사람을 설득하는 힘이 있다

미국 국회의사당에는 에이브러햄 링컨 대통령의 석상이 있다. 수백만 명이 이 석상을 보고 갔으며, 가까이 다가가서 좌대에 새겨진 이름을 살펴보지 않아도 저 멀리서부터 "아, 링컨이다!" 하고 외치는 사람이 아주 많다. 미국 국회에 모두가 공인하는 미국에서 가장 위대한 대통령의 조각상이 있는 것은 당연한 일이다.

그런 만큼 이렇게 묻는 사람은 무척 드물다. "링컨 조각상이 손에 들고 있는 게 뭐지? 왜 링컨이 이런 모습으로 이런 물건을 들고 있는 조각상을 만든 거지?" 그의 손에 들린 두루마리는 이야기가 있는 물건이다. 게다가 하나의 이야기에 그치지 않는다.

마크 트웨인은 이렇게 주장한다. "링컨 대통령이 들고 있는 것은 냅킨이라오. 표정이 밝지 않은 건 냅킨이 깨끗하지 않아서지."

물론 마크 트웨인은 농담을 하고 있다. 정설에 따르면 링컨이 손에 들고 있는 것은 '노예해방령' 문건이다. 저 팔랑팔랑 나부낄 것처럼 가벼워 보이는 두루마리는 링컨의 결심과 의지이며, 5년의 남북전쟁과 바꾸어 얻은 것이다. 저것이 미국 흑인 노예에게 자유를 주었고, 흑인 노예의 운명을 완전히 바꾸어 놓았으며, 링컨의 중요한 업적이 되었다. 표정이 엄숙한 것으로 보아 링컨이 '노예해방령'의 역사적 의의를 생각하고 있음을 알 수 있다.

이렇게 일리 있는 정설이 있는데, 어째서 마크 트웨인은 그렇게 까칠하게 풍자를 했을까? 마크 트웨인이 겨냥하는 바는 사실 링컨이 아니다. '노예해방령'도 아니다. 그것은 바로 조각상, 정확하게 말하면 조각상을 만든 작가다.

이 조각상은 링컨이 암살당하고 6년 뒤인 1871년 1월에 제막되었다. 이 작품을 조각한 비니 림Vinnie Ream은 당시 겨우 스물네 살이었다. 스물네 살 된 조각가가 이렇게 거대한 작품을 조각했다는 점도 놀랍지만, 더 놀라운 점은 이것이 단순한 링컨 대통령의 조각상이 아니라 미국 국회의사당에 놓인 첫 번째 전신 조각상이라는 사실이다. 미국 국회는 10만 달러의 예산을 들여 비니 림에게 이 조각상의 제작을 위탁했다. 이 모든 기획은 국회나 정부 기관에서 제시한 것이 아니라, 비니 림이 1865년 링컨이 서거한 직후부터 제안한 것이다. 맙소사, 그때 비니 림은 겨우 열여덟 살이었는데?

그렇다, 당시 비니 림은 열여덟 살 소녀였다. 게다가 그때까지 정식으로 조각을 배워 본 적도 없었다. 열여섯 살 때 그녀는 조각가 클라크 밀스의 공방을 구경하러 갔다가 밀스가 점토를 가지고 앤드루 잭슨 대통령의 동상 원형을 빚는 모습을 보고 이렇게 말했다. "이건 나도 할 수 있어요!" 밀스는 재미있다는 생각이 들어 그녀에게 점토 한 덩이를 주었다. 그런데 그녀가 정말로 그럴듯하게 따라 만들었다. 밀스의 도제가 된 비니 림은 열여덟이 되기 전에 이미 링컨 대통령의 반신 조각상을 만들 기회를 얻었다.

링컨이 암살된 후 림은 즉시 국회에 링컨 대통령의 조각상 제작을 제의했다. 참 좋은 생각이긴 하지만, 열여덟 살, 게다가 이제 막 도제 신분을 벗어난 소녀에게 이 일을 맡기라니 국회에서 어떻게 동의할 수 있었겠는가? 매사추세츠주의 상원의원 한 명은 반대 의사를 표현하며, 기탄없이 이렇게 풍자하기까지 했다. "차라리 그 소녀더러 그랜트 장군을 대신해 군대를 인솔하라고 하지 그래!"

그런데 상하원 모두가 이 기획에 관해 아주 진지하게

투표를 진행하는 것이었다. 그러더니 양원 모두 이 안을 통과시켰다! 왜? 무엇 때문에?

비니 림이 멋지게 만들어 낸 이야기 한 편 때문이었다. 이 이야기가 의원 사이에 퍼지자 림에게 가장 불리한 조건이 어느새 결코 그녀를 반대할 수 없는 이유가 되었다.

상원의원 한 명이 비니 림을 위해 예산을 얻어 낼 때 했던 말이 무엇보다 이 이야기를 잘 설명해 준다. "링컨을 배출한 서부 지역에서 온 이 어린 소녀는 천부적인 감각으로 자연을 그 모습 그대로 본뜹니다. 무덤 속에 묻힌 사람이나 책을 들여다볼 필요가 전혀 없지요!"

비니 림의 조각 실력은 마크 트웨인을 설득할 수 없었다. 하지만 구체적인 조각 성과가 아닌, 그녀를 주인공으로 한 천재 이야기는 미국 국회를 설득했다. 비니 림의 작품은 이렇게 탄생했다.

(6)

이야기는 종종 사실보다 더 강한 힘을 가진다

영국의 소설가 앤서니 트롤럽이 1882년 세상을 떠나자, 여러 신문에서 앞다투어 추모의 글을 실으며 그를 '영국의 영광', '가장 위대한 소설가', '문학의 거장'이라 칭송했다. 독자 역시 그의 소설을 구매하고 소장하는 일에 전에 없던 열성을 보였다. 트롤럽의 명성은 최고조에 달했다.

하지만 '트롤럽 열풍'은 몇 년 만에 빠르게 사그라졌다. 책 판매만 멈춘 것이 아니라 그의 작품을 두고 일류 수준에 미치지 못하며 영구적인 가치가 결여되어 있다고 평하는 사람이 점점 많아졌다. 트롤럽과 그의 책은 이렇게 해서 거의 사반세기 동안 묻혀 있었다. 20세기 초가 되자 그의 작품이 다시 발굴되어 읽히기 시작했으며, 트롤럽의 이름 역시 다시 문학사에 올랐다.

이러한 평가의 기복은 물론 문학적·사회적 가치 지향의 변천에 영향을 받으며 우연한 조류 때문이기도 하다. 그리고 한 가지 원인이 더 있으니, 바로 트롤럽 사후에 출간된 『자서전』이었다.

트롤럽의 『자서전』은 1883년에 출간되었다. 이 책이 커다란 주목을 받고 논쟁을 일으킨 이유는 자서전에 적힌 무슨 비밀이라든가 스캔들이 아니라, 특이하달 것도 없는 그의 일상생활 습관 때문이었다. 트롤럽은 다소 뿌듯하다는 듯 자신의 습관 하나를 밝혔다. 작가로 살아온 시간 동안 그는 거의 날마다 해 뜨기 전에 일어나 5시 반부터 8시 반까지 책상 앞에 앉아 소설을 썼다. 그는 회중시계 하나를 앞에 두고 15분에 최소한 250자를 쓰는 규칙을 지켰다. 만약 8시 반 이전에 소설 한 편을 다 썼다면, 펜을 멈추고 쉬는 것이 아니라 곧바로 새로운 종이 한 장을 꺼내 다음 소설을 쓰기 시작했다. 8시 반이 되면 그는 펜을 내려놓고 우체국으로 출근할 준비를 했다.

트롤럽은 작가 인생 35년 동안 장편소설 49편을 써냈다. 출근하면서 주말마다 사냥을 나가던 기간도 꽤 길었다. 만약 새벽에 글을 쓰는 엄격한 생활 원칙이 없었다면 어떻게 그렇게 많은 결실을 맺을 수 있었겠는가?

트롤럽의 작업량을 보면 그가 『자서전』에서 밝힌 창작 원칙도 전혀 뜻밖일 것이 없다. 하지만 영국의 독자는 아주 뜻밖이라고 생각했으며 매우 실망스러워했다. 독자는 트롤럽이 이런 방식으로 소설을 썼다는 사실을 믿을 수가 없었다. 아니 믿고 싶지가 않았다.

　트롤럽이 꾸밈없이 적은 사실은 당시 독자가 상상하던 문학 혹은 문학 작가와 어긋나는 것이었다. 그의 습관이 당대의 보편적인 문학 창작 이야기에 위배되었던 셈이다. 독자는 문학 글감이 하늘의 계시처럼 작가에게 나타난다고 여겼다. 섬광이 반짝이는 찰나, 작가는 다른 세계로 진입해 미친 듯이 펜을 놀려 문학 작품을 써 내려간다고 말이다. 그러다가 영감이 끊기면 작가는 펜을 움직일 수가 없다. 작가는 반드시 초조하고 고통스럽게 영감을 기다리고 찾아 헤맬 것이다. 그렇게 황폐한 나날을 견디며 다음 번 섬광이 찾아오기를 기도할 것이다.

　문학이 어떻게 트롤럽이 묘사한 그런 무료한 방식으로 탄생할 수 있단 말인가? 그게 가능한가? 그렇게 탄생한 문학이 높은 가치를 지닐 수 있단 말인가?

　트롤럽의 『자서전』을 읽고 강한 반감을 느낀 독자의 머릿속에는 대부분 걸출한 낭만주의 시인의 이미지가 선명하게 남아 있었다. 영국 시인 퍼시 비시 셸리는 말했다. "시는 '시 한 편을 써야지' 하고 쓰는 것이 아니다. 시는 알 수 없는 바람 사이에서 예고 없이 불어오는 것이다." 새뮤얼 테일러 콜리지는 스물다섯 살 이후로 아무리 애를 써도 다시는 스스로 만족할 만한 시를 쓰지 못했다. 프랑스 시인 스테판 말라르메는 36년이라는 시간을 들여 겨우 시 60편을 완성했다. 아르튀르 랭보는? 열아홉 살 이후로 다시는 시를 쓰지 않았다.

이들 시인의 이야기는 독자에게 문학 창작에 관한 어떤 이미지를 심어 주었다. 트롤럽은 운 나쁘게도 이러한 이미지에 맞지 않는 작가였다. 그의 이야기가 다른 시인의 이야기에 대비되자, 트롤럽의 작품을 읽던 독자는 그의 작품이 어딘가 엉성하다는 유쾌하지 않은 기분이 든다. 이렇게 해서 독자는 자연스럽게 트롤럽의 지위를 격하시키고, 트롤럽의 작품 역시 구석으로 밀어내고 만다!

이야기는 종종 사실보다 더 강한 힘을 가진다. 그것은 사물에 관한 우리의 기본 인식을 좌우하고 심지어 지배한다. 이는 '문학가라면 어떻게 창작을 해야 한다'는 인식에만 국한되지 않고, 곳곳에서 온갖 평가와 판단에 영향을 미친다.

7

평범한 일상에 이야기가 더해지면 특별한 가치가 생겨난다

타이베이 남쪽에 있는 시장에 자리한 한 채소 노점에는 아주 대단한 주인아주머니가 계시다. 한 번 채소를 샀던 손님이 다시 노점에 들르면 주인아주머니는 채소 몇 가지를 집어 손님 앞에 놓는데, 모두 그 손님이 지난번에 샀던 채소다. 그녀는 손님끼리 서로 어떤 사이인지도 기억한다. 그래서 채소를 사러 온 손님에게 "손님네 새댁이 어제 아이를 데려와서 채소를 사 갔다우" 하고 일러 주기도 한다.

작년에 나는 타이베이 시 정부의 의뢰로 타이베이 소개 책을 쓰면서, 타이베이 방문 요람에 이 노점 이야기를 써넣었다. 그랬더니 원고 감수 때 시 정부의 담당자가 이 부분을 고치면 어떻겠냐고 의견을 보내왔다. 이유인즉슨, 이렇게 주인아주머니의 장사 특징을 묘사하는 것이 별로 설득력이 없다는 것이었다. "채소를 사러 온 사람이 반드시 지난번에 샀던 것과 똑같은 채소를 사는 것도 아니고,

게다가 며느리가 와서 채소를 샀든 말든 그게 그 손님이 사려는 채소랑 무슨 상관입니까?"

감수 의견을 받아 보고 잠시 멀뚱해졌다. 하지만 주인 아주머니는 정말로 이렇게 하신단 말이다! 게다가 그 노점의 채소는 다른 곳보다 좀 더 비싼데도 장사는 엄청나게 잘된다. 주인아주머니의 태도가 바로 이 노점이 시장에서 독보적 존재가 된 진짜 핵심이다. 여기서 뭘 어떻게 더 고치란 말인가?

잠시 생각해 보고 나서야 나는 시 정부의 담당자가 이글에 설득력이 없다고 말한 핵심 이유를 깨달았다. 그는 장사를 실리적인 입장에서만 바라보기 때문에 아주머니의 장사법이 창조해 내는 깊은 가치를 이해하지 못했던 것이다. 주인아주머니는 그렇게 함으로써 자신의 노점이 다른 채소 노점과 다름을 드러내고 있다. 이곳에서 이루어지는 것은 단지 채소를 사고파는 행위가 아니다. 그녀와 고객 사이에는 다른 관계, 다른 교류가 이루어진다.

고객이 지난번에 샀던 채소를 꺼내 놓는 것은 그가 이번에도 꼭 같은 채소를 산다고 예측해서가 아니다. 그것은 고객을 기억하고 중요하게 생각한다는 구체적인 표시이자, 고객이 즐겨 먹는 채소를 고르는 데 도움을 주고자 하는 배려다. 시 정부 담당자는 몰랐지만, 주인아주머니는 고객이 돈을 지불하고 사고 싶은 것이 무엇인지 훤히 알고 있었다.

돈이 있으면 어느 노점, 어느 시장에서든지 채소를 살 수 있다. 돈으로 살 수 있는 것은 채소 말고도 아주 많다. 독일의 사회학자 게오르크 짐멜은 백여 년 전에 이미 이렇게 귀띔한 바 있다. "돈으로 살 수 있는 것은 이렇게나 많다. 바로 그렇기 때문에 그것은 이제 색채를 띠지 않고, 아무런 특징도 없다. 그것으로는 더 이상 특별한, 온전히 예외적인 관계를 보상할 수 없다. 우리는 이러한 관계 속에서 개인의 내면 깊은 곳에 자리한 본질적인 무언가를 만난다."

돈만 있으면 우리는 채소밭을 가꾸지 않아도 어디서나 채소를 살 수 있게 되었지만, 채소와의 특별한 관계를 잃어버렸다. 이상하게 들릴지 모르겠지만 오랫동안 화폐경제 속에서 살아왔는데도 '특별한 관계'를 향한 갈망은 결코 사라지지 않았다. 우리가 가장 사고 싶은 것은 바로 화폐경제에서 돈으로 살 수 없는 것이다.

채소 노점의 주인아주머니는 뛰어난 기억력과 약간의 노력을 통해, 채소를 사고파는 일에 '특별한 관계'를 부여했다. 그녀는 채소와 함께 친밀한 유대를 팔았다. 손님이 수십 가지 채소 가운데 무엇을 좋아하는지, 손님 주변의 관계는 어떻게 형성되어 있는지를 알고, 손님과 며느리의 유대를 위한 정보도 제공해 준다. 이러한 것은 돈으로 쉽게 얻을 수 있는 채소보다 더욱 사람을 끌어당긴다!

나아가 주인아주머니는 남다른 장사 비법으로 스스로를 전파 가치가 있는 이야기로 만들었다. 이 이야기는 수백 개의 시장, 수천 개의 노점 가운데 이 시장, 이 노점을 단연 돋보이게 했고, 이야기에 이끌려 아주머니의 노점을 찾는 사람도 생겼다. 이야기 속 주인아주머니와 그녀의 친절을 실제로 만나기 위해서 말이다. 친절과 이야기를 살 수는 없으니 주인아주머니의 비싼 채소 값을 지지할 수밖에!

8

이야기는 우리를 이질적인 시공으로 데려간다

칼럼이 신문의 역사에 처음 등장했을 때, 이 말은 신문에서 유일하게 글쓴이의 이름이 올라간 글이라는 뜻이었다.

19세기 서양 신문에서는 글쓴이의 이름을 거의 볼 수 없다. 신문기자만 이름을 올릴 수 없던 것이 아니라 신문을 장식하던 문예란에서도 작가의 이름을 찾아볼 수 없었다. 링컨 대통령은 젊었을 때 심각한 심리적 암흑기를 두 번 거쳤는데, 한 번은 자살에 관한 시를 한 편 기고해서 지방지에 실렸다고 한다. 백여 년 동안 역사가들이 이 시를 찾기 위해 애썼으나 찾지 못했다. 가장 큰 이유는 역시 이름 문제였다. 당시 관례대로라면 링컨이 신문에 발표한 시에는 틀림없이 링컨의 이름이 올라가지 않았을 것이다.

『이코노미스트』 같은 고전적인 영국 잡지에서는 오늘날에도 여전히 이러한 전통을 찾아볼 수 있다. 『이코노미스트』를 펼치면 기자나 편집자의 이름을 찾을 수 없다는 사실을 알게 된다. 세 편 정도의 칼럼에서나 너그럽게도 글쓴이의 이름을 열거해 준다.

하지만 『이코노미스트』는 소수 중의 소수에 속한다. 이제 신문이나 잡지의 관례는 정반대가 되었다. 신문사의 입장을 담은 사설을 낼 때 실제 글을 쓴 사람의 신분을 밝히지 않는 경우를 제외하면 첫 장부터 마지막 장까지, 길고 짧은 글마다 모두 글쓴이의 이름이 적혀 있다.

왜 이런 변화가 생긴 걸까? 이유 중 하나는 책임 소재 혹은 법적인 문제였다. 글을 쓴 사람이 글에 책임을 질 필요가 있었다. 신문사가 기자와 편집자를 고용했다고 하더라도 기자나 편집자가 쓴 글의 한 글자 한 글자를 모두 신문사에서 책임질 수는 없는 노릇이었다. 사외社外 작가는 더 말할 것도 없었다. 그래서 모두 분명하게 이름을 밝히고 각자 자기 글에 책임을 지도록 한 것이다.

이보다 훨씬 중요한 다른 이유 하나는 바로 20세기를 풍미한 개인주의 정신이었다. 글을 쓰는 사람이 개인의 명성을 요구하기 시작했고, 글을 읽는 사람 역시 점점 익명의 필자를 신뢰하지 않게 되었다. 기명記名은 독자에게 가상의 안도감을 주었다. '오, 여기 이름이 있네. 이 사람에 관해 찾아보면 이 사람이 어떤 경험과 관점으로 이런 글을 썼는지를 알 수 있겠다.' 독자는 이름을 통해 어떤 자세로 이 글을 읽어야 할지 경계하고, 살펴보고, 결정할 수 있었다. 개인이 직접 겪은 것만이 경험이 되는 시기였다. 집단 경험을 위해 필요한 공동체에 관한 신뢰가 깨졌기 때문이다. 예전에 신문사는 '우리의 인재를 믿고 우리 신문을 읽으세요'라는 태도를 가지고 있었다. 하지만 이제 신문사의 자세는 이렇게 변했다. '우리는 여러분에게 이런 사람의 이런 글을 주겠어요. 여러분이 스스로 판단해서 선택하시죠!'

이러한 시대 분위기는 민주주의 발전에 기여했으나 이야기와 이야기의 전통에는 큰 위협이었다. 사실 이야기의 가장 큰 매력은 이질적인 시공으로 우리를 데려간다는 점이다. 그곳에서 우리는 자아를 내려놓고 이야기가 창조하는 시공 속에 녹아든다. 우리는 인어공주 이야기를 따라 바다와 육지의 경계를 넘나들고, 사람도 물고기도 아닌 유랑객의 애타는 고통을 느낀다. 인어공주가 실제로 존재한다고 느끼며 이야기에 둘러싸인다. 이야기 속에 푹 빠진 우리는 인어공주 이야기를 쓴 사람이 누군지 알아볼 새가 없으며 굳이 알아야 할 필요도 없다. 인어공주는 어디서 왔으며 어떻게 살아왔는지, 안데르센은 어떤 사람이며 안데르

센이 쓴 다른 동화 작품에는 어떤 것이 있는지 모른다고 해서 우리가 인어공주 이야기를 즐기는 데 방해가 되지는 않는다. 오히려 이런 것을 모를 때 인어공주는 해방되어 여러 사람에 의해 여러 방식으로 전해지고, 이야기는 집단 속에서 살아 숨 쉰다. 이때부터 인어공주 이야기는 더 이상 '안데르센의 이야기'가 아니라, 이야기를 듣는 한 사람 한 사람의 '자기 이야기'가 된다.

안타깝게도 오늘날의 '자기 이야기'란 더 이상 이런 의미의 '자기 이야기'가 아니다. 이제 오직 '자기 이야기' 하나만을 알고, 그것 하나만을 믿는다. 자신에게 일어난 평범하고 빈약한 경험과 느낌만이 '자기 이야기'를 구성한다고 여기고, 그것만을 '자기 이야기'라 부른다.

✳『이코노미스트』(The Economist)
『이코노미스트』는 뉴스 및 국제 관계 위주의 기사를 싣는 영문 간행물이다. 매주 간행되며, 런던의 이코노미스트 뉴스페이퍼 유한회사에서 발행한다. 발행 방식으로는 주간지에 가깝지만 『이코노미스트』는 스스로를 신문으로 정의하고 있기 때문에 매 호마다 분석과 의견 외에도 한 주간 있었던 모든 중요한 정치·경제적 이슈를 보도한다. 1843년 9월에 첫 호가 나왔다.

9

사진은 이야기를 판별하는 법을 가르쳐 준다

원래 사진은 아무나 찍지 못했다. 사진이 발명된 이후 아주 오랜 시간 동안 촬영은 전문 기술 영역에 속했으며, 사진 한 장을 얻으려면 아주 복잡한 과정을 거쳐야 했다.

그때는 사진을 찍으려면 먼저 조리개, 셔터, 줌 기법과 셋의 상호 관계를 배워야 했다. 이 모든 것을 다룰 줄 알게 되었다고 해서 사진을 '성공적'으로 찍을 수 있는 것도 아니었다. 사진기 값도 무척 비쌌고, 필름도 준비해야 했다. 촬영을 마치면 필름을 뺀 뒤 어두운 방 안에서 전문적인 현상 과정을 거쳐야만 비로소 사진이 인화되어 나왔다.

이러한 과정으로 인해 과거의 사진은 어떤 특성을 갖게 되었다. 사진은 쉼 없이 이어지는 삶의 어느 한 지점을 붙박아 놓았다. 사진으로 남긴 것과 사진기 렌즈 속에 잡히지 않은 움직임은 분리되어, 사진에 찍힌 광경은 영원히 보존되었고 사진에 찍히지 않은 순간은 영원히 사라졌다.

사진이 찰나를 붙잡는다는 사실보다 더욱 중요한 것은 사진이 찰나만을 붙잡아 놓을 수 있다는 점이다. 사진은 시간을 멈추는 신기한 장비다. 하지만 셀 수 없이 많은 대상 가운데 사진에 담기는 것은 극소수에 불과하다. 왜 다른 무엇도 아닌 하필 이 순간을 간직해야 했는가? 이는 사진이 피할 수 없는 가장 중요한 질문이 되었다.

그래서 모든 사람이 '중요한' 순간을 골라 사진을 찍기 시작했다. 사진을 찍으려면 그럴 만한 이유가 있어야 했다. 행사, 여행, 공연 등은 사진을 찍기에 마땅한 순간이었다. 이렇게 찍은 사진 너머에는 언제나 렌즈 안에 다 담을 수 없는 시간과 사연이 있었다. 이렇게 해서 사진은 압축적인 기록 수단이 되었다. 사진을 본다는 것은 단순히 사진에 찍힌 피사체를 보는 행위가 아니라 사진을 통해 어떤 시간이나 공간, 어떤 사람, 어떤 사연을 떠올리는 것이다.

그러니 어떤 의미에서 사진 한 장 한 장은 모두 이야기 한 편이 담긴 카드다. 살아가다가 문득 나중에 돌이켜보고 싶은 이야기를 만나면 우리는 사진을 찍는다. 시간이 흐르고 모든 일이 지나간 뒤에 앨범을 들추어 본다. 설명을 붙이지 않아도 사진을 보고 있으면 기억과 마음이 우리에게 말을 걸어온다.

    사진이 말을 걸어온다, 난생처음 신분증을 만들러 가던 날의 이야기를 들려준다. 눈앞에서 갑자기 번쩍이는 불빛에 아연실색한 얼굴이다. 사진이 말을 걸어온다, 선공묘仙公廟⊛에 다녀온 이야기를 들려준다. 길게 이어진 돌계단은 아무리 올라도 끝나지 않을 것만 같았다. 더 이상 오르기가 힘겨울 즈음 계단 옆 정자에 앉아 휴식을 취했었지. 꽁꽁 싼 보따리 속에서 외할머니가 날이 밝기도 전에 일어나 준비한 도시락을 꺼냈다. 흰 쌀밥 안에 까만 김 조림이 깔려 있었다. 사진이 말을 걸어온다, 졸업하던 날의 이야기를 들려준다. 어찌된 일인지 단체 사진 속에 선도부였던 아이가 빠져 있다. 졸업생 한 명이 그를 찾아 손 좀 봐 주려고 절치부심하고 있다는 이야기를 듣고 졸업식이 끝나기도 전에 사라졌다고 한다. 사진이 말을 걸어온다, 결혼식 날의 이야기를 들려준다. 싼셴타이에 가서 바다를 보았던 이야기를 들려준다.

    사진기와 사진으로 인해 우리는 시시때때로 자기 삶을 살피고, 삶 가운데 이야기가 담긴 지점이 어딘가를 가늠하게 되었다. 삶의 중요한 변곡점이 곧 다가오리라는 예감이 들면 우리는 사진기를 들고 그곳으로 나아간다. 미래에 두고두고 회상할 이야기가 곧 일어나리라는 기대 때문에

⊛ 타이완에 있는 도교 사원. 지남궁(指南宮)이라고도 한다.

우리는 번거로움도 마다 않고 사진을 찍고, 현상하고, 앨범에 끼워 둔다. 이러한 과정을 통해 우리는 늘 그렇듯 돌아가는 일상 속에서 어느 것이 이야기가 담긴 경험이고, 어느 것이 무료하게 반복되는, 다시 말해 사진기를 들 필요가 없는 경험인지를 구분하게 된다.

지금 촬영은 아주 쉬운 일이 되었다. 그리 힘들이고 돈 들이지 않아도 사진을 찍을 수 있게 되었다. 휴대전화에 딸린 사진기 기능으로 찍고 싶은 것을 원하는 대로 찍으면 되니 말이다. 찍고 나서 저장하고 싶으면 저장하고, 그렇지 않으면 삭제하면 그만이다. 사람마다 엄청난 양의 사진을 남기고, 시시각각의 생활이 모두 사진으로 기록되고 있다. 아주 편리해 보이고 큰 진보를 이룬 듯 보이지만, 이로 인해 사진은 이야기를 판별하는 법을 가르쳐 주던 예전의 기능을 상실했다. 이야기라는 받침이 부재한 수많은 사진을 미래의 누가 보겠는가? 본다 한들 그 속에서 무엇을 볼 수 있겠는가?

(**10**)
잘못된 선택을 줄이고 싶다면 이야기에 관한 호기심을 회복해야 한다

2004년 미국 대선에서 민주당은 연임에 도전하는 부시의 경쟁 상대로 매사추세츠주 상원의원 존 케리를 공천했다. 선거 초반 민주당은 무척 자신 있는 분위기였다. 부시가 집권 4년 동안 전례 없이 죽을 쑤었기 때문이었다.

9·11 테러 사건 뒤로 부시는 이라크를 침략할 태세를 갖췄다. 게다가 2차 걸프 전쟁을 준비하느라 아프가니스탄에서의 군사행동은 용두사미가 되었고, 9·11 테러 사건의 원흉인 빈 라덴을 잡지도 못했다. 부시 정부는 이라크가 대량살상무기를 보유하고 있으며 빈 라덴의 무장단체 알카에다와 결탁되어 있다고 했다. 사담 후세인 정권을 전복하지 않으면 이라크가 대량살상무기를 테러리스트에게 넘겨줄 것이고, 미국과 세계가 위협을 받게 된다는 것이 이라크를 공격한 이유였다.

유엔은 미국의 말에 설득되지 않았다. 영국을 제외한

유럽 국가 역시 마찬가지였다. 그런데도 부시는 고집을 꺾지 않고 침략을 강행했다. 이라크 공격은 어려운 일이 아니었다. 정작 어려웠던 것은 이라크를 공격한 뒤에 생긴 문제였다. 미국은 이라크를 장악했지만 대량살상무기는 어디에서도 발견할 수 없었다. 이라크에서는 동란이 끊이지 않았다. 정식 전쟁은 끝났으나 미군의 사상자 수는 급격하게 증가했다. 이어서 미군이 이라크에서 포로를 학대했다는 추문까지 폭로되었다.

이렇게 결함투성이인 대통령이 연임되기란 쉽지 않은 일이다!

하지만 민주당의 낙관적인 분위기는 그리 오래가지 못했다. 870억 달러에 달하는 거액의 군사비 책정에 관한 토론 중에 케리가 했던 한마디 말 때문이었다. "사실 (국회에서) 나는 찬성표를 던졌다. 그 전에는 반대표를 던졌지만." 부시 진영은 이 말 한마디를 가지고 케리를 비웃는 광고를 집중적으로 내보냈다. 부시 진영은 케리를 툭하면 입장을 번복하며, 명백히 이라크 전쟁에 찬성했으면서 반대하는 듯 고상한 척하는 정치인으로 묘사했다.

몇 주 만에 케리는 우위를 잃었고, 결국 대선에서도 패했다. 이리하여 부시가 승리를 거머쥐었다.

그토록 형편없는 정치를 한 대통령이 어떻게 연임에 성공했을까? 여기에는 많은 유권자가 타이틀만 보고 동요했던 것이 한몫을 했다. 유권자는 타이틀 뒤의 이야기에 관심이 부족했고, 타이틀과 슬로건에 관한 '이야기 감수성'은 더더욱 부족했다. 케리가 했던 말은, 사실 긴 이야기와 과정을 담고 있다. 그는 800억 달러를 훌쩍 넘어서는 군사비에 너무나 많은 정상배 간 거래가 숨겨진 것을 보고 힘껏 반대했다. 하지만 공화당이 이러한 비용을 모두 묶어 하나의 법안으로 다루는 바람에 이라크 전선에 꼭 보급해야 하는 물자를 마냥 막고 있을 수만은 없어 하는 수 없이 찬성표를 던졌던 것이다.

한마디 말 뒤에 얼마나 많은 이야기가 있는가! 군사비에 편성된 항목은 몇 개나 되며, 얼마나 많은 장사꾼이 연관되어 있고, 중간에는 얼마나 많은 밀담과 가격 담합이 있었으며, 국회에 이르러서는 또 얼마나 많은 이가 이 거래에 동원되고 설득되었겠는가. '찬성이냐 반대냐'는 당연히 이 모든 복잡한 과정이 고도로 압축되고 간소화된 결과다.

불행히도 우리는 고도로 압축되고 간소화된 정보를 수용하는 데 익숙해진 시대에 살고 있다. 종종 압축적이고 단순한 정보만 대강 훑은 채 가장 중요한, 때로는 생사가 달린 결정을 한다. 이렇게 내린 결정은 틀리는 게 당연하다. 옳은 결정이었다면 운이 좋았던 셈이다. 압축된 정보로 인한 잘못된 선택을 줄이고 싶다면, 이야기에 관한 호기심을 회복하고 이야기에 흥미를 가지는 습관을 길러야 한다. 다른 사람이 준비한 단순한 결론을 쉽게 받아들이지 말고 언제나 한 번 더 물어야 한다. "여기에도 전후맥락이 있겠지? 이 뒤에 감추어진 이야기는 무엇일까?"

이야기는 끝나면 끝이다

발터 베냐민의「이야기꾼」속에는 이야기와 소설이 다름을 느끼게 하는 구절이 있다. 이야기가 몰락할 때 소설은 흥성하기 시작했고, 이야기를 들을 때와 소설을 읽을 때의 마음은 매우 다르다. 베냐민에 따르면 이야기는 우리 삶에 없는, 우리 삶에 있을 수 없는 기이하고 특별한 일을 전한다. 이렇듯 이야기 속 주인공은 우리와 너무나 다르기 때문에 제한적인 경험을 가지고는 주인공을 헤아릴 수가 없다. 그래서 이야기를 듣는 사람은 놀라고 감탄하고 우러르는 마음으로 이야기 속의 특이한 인물과 상황을 바라본다.

그렇다면 소설은 어떨까? E. M. 포스터는 소설은 우리의 일상생활을 해석해 준다고 분석했다. 개개인의 감각 기관으로는 일상적이고 익숙한 경험의 전모를 알 수 없다. 대화를 나누는 중 상대방이 속으로 어떤 생각을 하고 있는지 알 수 없고, 사랑하는 사람이 왜 떠났는지 알 수 없으며, 도대체 누가 누구와 암투를 벌였기에 회사에서 이런 인사 변동이 생겼는지 알 수 없다. 소설은 작가의 허구적이고 전지적인 시점을 빌려 모든 요소를 가다듬어 우리 앞에 펼쳐 놓음으로써 일상의 곤혹에 답한다.

소설은 언제나 일상적 경험 안에서 빙빙 돌고, 이야기는 우리를 일상적 경험에서 동떨어진 곳으로 데려간다. 이는 소설과 이야기의 큰 차이점이다. 소설은 '주인공은 기본적으로 우리와 같은 사람이라는 것'을 전제로 하고, 이야기는 '이 사람은 우리와 다르기 때문에 이야기 속 등장인물이 될 수 있었다'는 가정으로 시작한다.

소설이 발전하면서, 우리는 소설을 읽는 습관 그대로 이야기를 대하기도 했다. 이는 이야기로서는 재난과 다름없었다. 이 때문에 이야기는 끝내 소멸될 위기에 직면했다. 몇 가지 예를 들어 설명하겠다! 영화 『타이타닉』은 영락없는 전기傳奇적 이야기다. 엄청난 재난 속에서 애절한 사랑이 피어나다니. 우리가 그런 비일상적 상황에 처할 일은 없다. 그래서 잭과 로즈의 사랑에 그저 놀라고 탄복할 뿐이다. 그런데 많은 이가 이야기를 대할 때의 태도로 영화를 보지 않는다. 잭과 로즈가 어떻게 그렇게 짧은 시간 안에 서로를 목숨보다 아낄 정도로 사랑하게 될 수 있었는지 의

문을 가지고, 두 사람이 사실은 순수하게 사랑한 것이 아니라 다른 의도와 속셈을 가지고 있던 거라고 추측하기도 한다. 또 어떤 이는 영화를 보며 감동을 받긴 했지만 영화관을 나와서는 더는 참지 못하고 결국 이런 말로 찬물을 끼얹고야 만다. "잭이 죽지 않았대도 두 사람이 계속 사귀었을지는 모르는 거잖아!"

이러한 반응은 사실 '소설식 반응'이다. 삶이 계속되는 한 '그다음엔?'이라는 질문이 영원히 이어진다. 소설의 결말은 일시 정지일 뿐이다. 작가가 한없이 흐르는 일상의 시간 사이에 멋대로 경계선 한 줄을 그은 것에 불과하다. 작가는 진정한 끝을 맺을 수 없고, 소설이 끝났어도 독자가 계속해서 '그다음엔?'을 묻는 것 역시 막을 수 없다.

이야기는 그렇지 않다. 이야기는 비일상적이고 특수한 경험에 관한 것이다. 이야기가 끝나는 곳을 정하는 기준은 매우 명확하다. 기이함과 환상이 끝나는 곳이 이야기가 끝나는 지점이다. 바꾸어 말하면, 이야기가 끝나고 나면 '그다음'은 없다. 그럼 '그다음엔?' 그다음에는 일상으로 돌아간다. 이야기가 없는, 이야기에 속하지 않는 영역으로 말이다. 소설에는 진정한 결말이 없지만 이야기에는 있다. 이야기가 끝난 뒤에 남은 일상적인 것은 소설에서 다룬다.

이야기는 끝나면 끝이다. 이런 '쿨한' 시간 개념을 받아들이고 '그다음'을 물고 늘어지지 않을 때, 우리는 비로소 새롭게 이야기를 들을 수 있게 되고, 이야기가 선사하는 커다란 즐거움을 누릴 수 있다.

역자 후기
이야기에 대한 몇 가지 소망

몇 가지 일을 소망하기에 이 글을 쓴다.

첫째, "이야기는 현실이나 진실보다 더 다양하고 풍부하다." 이야기는 현실이나 진실에 속하지 않는 무언가가 드리우는 그림자 같은 것이다. 하지만 어떤 이야기는 그림자가 아닌 그림자놀이다. 살아 있는 새의 그림자가 아니라 손으로 새의 모양을 흉내 내어 그림자를 만들어 낸 것에 불과하다. 이런 이야기는 속임수이며, 우리를 일깨우는 것이 아니라 혼미하게 한다. 그림자 너머에 우리의 언어나 감각에 포착되지 않아서 그림자로만 볼 수 있는 무언가가 있는지, 아니면 그럴 듯한 그림자를 만들어 내는 도구만 있는지를 우리는 그림자만 보고 분별해야 한다. 제대로 분별할 수 있는 힘을 갖게 되길 바란다.

둘째, "올바른 시점과 제대로 된 서술 전략은 이야기를 듣는 이와 이야기 사이의 거리를 좁혀 준다" 또는 "비극적인 영웅의 실패담은 너그러운 동정과 이해를 얻는다" 같은 문장은 사실 이야기의 기술技術을 말하는 것이 아니다. "마흔이 넘으면 자기 얼굴에 책임을 져야 한다"라는 링컨의 말이 큰 눈과 오똑한 코를 가지라는 뜻이 아니라 자신이 평생 지어 온 표정에 책임을 지라는 의미이듯, "말 한마디로 천 냥 빚을 갚는다"는 속담이 현란한 말솜씨로 상대방을 현혹시키라는 뜻이 아니라 말 한마디 안에 담긴 진심의 힘을 알려 주듯 말이다. 이 책이 알려 주는 이야기하는 법이란 어떤 용어와 태도와 어투를 사용하여 이야기의 효과를 극대화시키는 방법이 아니라, 어떤 이야기를 품고 살 것인지, 그 삶이 어떤 이야기가 될 것인지에 대한 모색이다. 내 삶이 좋은 이야기를 닮길 바란다.

셋째, 저자의 이야기를 읽다 보면 오늘날 이야기의 가장 큰 지원군이자 장애물이 무엇인지 자연스럽게 떠오를 것이다. 바로 영상이다. 때로 영상은 우리에게 이야기를 시각화해서 더욱 생생하게 보여 주지만, 때로는 희미한 촛불처럼 마음을 밝히는 이야기를 화려한 장면으로 단숨에 가려 버린다. "이야기의 매력은 이질적인 시공으로 우리를 데려간다는 점이다. 그곳에서 우리는 자아를 내려놓고 이야기가 창조하는 시공 속에 녹아든다." 그러나 이제 우리는 이야기가 아니라 우리가 보는 것에 녹아들고 만다. 무엇을 보고 들을 것이며, 무엇을 보지 않고 듣지 않을 것인지를 성찰해야만 하는 이유다. 화면이 이야기를 가린 시대에 잃어버린 이야기를 되찾을 수 있기를, 꺼뜨리지 않을 수 있기를 바란다.

끝으로 이 지면을 빌어 언제나 나를 지켜봐 주는 가족들에게 미안함을, 이번 번역 작업에 많은 도움을 준 명연 선배에게 감사를 전하고 싶다.

2019년 겨울
박다짐

이야기하는 법
: 사람은 의미와 가치를 어떻게 만들고, 이것은 무엇에 좋은가

2019년 12월 24일 초판 1쇄 발행

지은이	**옮긴이**
양자오	박다짐

펴낸이	**펴낸곳**	**등록**
조성웅	도서출판 유유	제406 - 2010 - 000032호 (2010년 4월 2일)

주소
경기도 파주시 책향기로 337, 301 - 704 (우편번호 10884)

전화	**팩스**	**홈페이지**	**전자우편**
031 - 957 - 6869	0303 - 3444 - 4645	uupress.co.kr	uupress@gmail.com

	페이스북	**트위터**	**인스타그램**
	www.facebook .com/uupress	www.twitter .com/uu_press	www.instagram .com/uupress

편집		**디자인**	**마케팅**
전은재, 조은, 조세진		이기준	송세영

제작	**인쇄**	**제책**	**물류**
제이오	(주)민언프린텍	(주)정문바인텍	책과일터

ISBN 979 - 11 - 89683 - 27 - 6 03800

이 도서의 국립중앙도서관 출판시도서목록(CIP)은 서지정보유통지원시스템
홈페이지(seoji.nl.go.kr)와 국가자료공동목록시스템(nl.go.kr/kolisnet)에서
이용하실 수 있습니다.(CIP제어번호: CIP2019051658)